知られざる敵

古来稀《まれ》なる

藤 水名子

時代小説

二見時代小説文庫

目次

知られざる敵——古来稀《まれ》なる大目付6

序

※

乾いた闇の中を、足音だけが高く響く。

土埃《つちぼこり》が激しく舞い上がったあとを、夥《おびただ》しい怒声が追っていた。

「待ちやがれぇーッ」

「てめえ、この野郎ーッ」

「逃がさねえからなッ」

追う者たちの足音もまた同様に、闇に響く。

逃げる足音は一つだが、追う足音は複数であった。

複数――六、七人ほどの男たちが、一人の男を追いかけている。

もとより、待てと言われて待つ筋合いはない。

男は懸命に逃げていた。

小柄な体が、弾むように飛び跳ねるが、そのせいであまり先へは進まない。くせのある、奇妙な走り方だった。

「待ちやがれ、この野郎ーッ」

「イカサマ野郎、ぶっ殺してやる」

口々に罵《ののし》る野卑な言葉に呪いでも込められているのか、逃げる男の足は確実に弛《ゆる》んでいる。

(畜生ッ)

焦れば焦るほど、足が縺《もつ》れて転びそうになる。

「この野郎ッ」

怒声とともに、先頭を走っていた男の振り回した棒の先が、そのとき、逃げる男の踵《かかと》に当たった。

「うわッ」

男は、翻筋斗《もんどり》うって転がった。

そこへ、

「こいつッ」

「手間とらせやがって！」

「よくも親分の賭場《とば》でイカサマなんぞやらかしてくれたな」

「覚悟しやがれ」

追っ手の男たちが殺到した。

殺到するや否や、そいつに対する殴る蹴るの暴行がはじまる。

野卑な罵声に似合いの破落戸《ごろつき》どもだ。逃げていた男も似たり寄ったりの風貌、身形《みなり》であったから、博徒同士の喧嘩であることは一目瞭然であった。

完全な闇夜ではなく、疎《まば》らな星と痩せた月とが、目を背《そむ》けたくなる暴力の嵐を人目に曝《さら》しているが、誰も足を止める者はない。もうじき木戸も閉まろうという頃おいである。そんな時刻に、そもそも出歩いている者など殆《ほとん》どいない。

「ふざけやがって、この野郎ッ」

「逃げられると思ってんのか」

「ぶち殺す前に、親分の前で土下座《どげざ》させてやるからな」

「それから、簀巻《すま》きにして大川《おおかわ》だ」

「へっへっ、さっきの威勢はどうしたよ、イカサマ兄さん」

「てめえ、声もでねえじゃねえかよ」

「おいおい、親分の前にしょっ引いてく前に息の根止めるんじゃねえぜ」

兄貴分らしき男が一応くぎを刺すが、元々血の気が多く、邪悪な連中が、絶好の獲物を手中にしたのだ。止めて止まるものではない。

「………………」

紺浅葱《こんあさぎ》の棒縞《ぼうじま》を着たその男は小さく蹲《うずくま》ったきり、うんともすんとも、ろくに声すらあげていなかった。

或いは、兄貴分が案じたように、既に事切れているのかもしれない。

それでも破落戸たちは殴る手を止めようとしない。

「おい、親分の前に連れてくまで、そいつの息の根止めちゃいけねえんじゃねえのかよ?」

「もうとっくにくたばってるんじゃねえのか、そいつ?」

不意に、渋くて低い声音《こわね》で背後から問われ、破落戸たちはつと暴行の手と足を止めた。

兄貴分の言葉では止まらなかったのが、聞き覚えのない男たちの声を聞いた途端止まった。止まらざるを得ない凄味を、その言葉と声音から感じたからに相違ない。

男たちが一斉に振り向くと、そこにいるべき兄貴分の姿はなく、二人の強面が立っている。

年の頃なら、ともに五十がらみ。博徒の世界であれば、どう見ても、既に一家を成している親分の風情《ふぜい》である。

ともに、藍弁慶《あいべんけい》と茶《ちゃ》弁慶の堅気《かたぎ》らしからぬ色合いを着流しているが、仕立てのよい大島《おおしま》でも着せれば、或いは大店《おおだな》の主人でもとおりそうな貫禄もある。

「な、なんだ、てめえらッ！」

破落戸の一人が、懸命に奮い立たせて声を張りあげた。

彼が声をあげたときには、兄貴分は既に、二人の強面の足下に蹲っている。殴られたのか斬られたのか、口中《こうちゅう》からは低い呻《うめ》き声が漏れていた。

「あ！」

別の一人がそれに気づいて小さく声をあげた同じ瞬間、そいつの体は大きく背後に吹っ飛んだ。藍弁慶の拳《こぶし》が、そいつの土手っ腹にめり込んだのだ。

「な、なんだ」

「てめえら……」

口々に疑問を口にするまでもなく、残りの奴らも瞬時に吹っ飛んだ。

藍弁慶と茶弁慶の二人は、驚異の強さで、瞬《また》く間に破落戸たちを退《しりぞ》けた。素手で殴られただけなのに、破落戸どもはほぼ一撃で一間ほども吹っ飛び、その場で意識を失った。

二人とも、相当膂力《りょりょく》が強いのだ。

「おい、大丈夫か？」

「生きてるのか？」

破落戸たちを排除し終えると、二人はそいつを助け起こした。

「あ、ああ……」

切れ切れの息で、そいつは応える。

死んだように動かずにいたのは擬態で、それが暴力から身を護る唯一の方法だと考えたからだろう。

「ど…どこのどなたさんか知らねえが……あ、ありがとうよ」

切れ切れの息から、懸命に礼を言う。

「ひでえやられようだが、立てるか？」

「こんなの……な、なんでもねえよ」

棒縞の男は虚勢を張り、必死の形相で体を起こした。その顔面は、言わずもがな、血塗《ちまみ》れである。

　殺されることを覚悟した直後、九死に一生を得たことが、兎《と》に角《かく》嬉しかったのだろう。

「な…んで、助けてくれたんだい？」

　血塗れの顔をくしゃくしゃに歪《ゆが》めた笑顔で問う。

「見てたんだよ」

「え？」

「地回りの賭場でイカサマするとは、どんだけ命知らずなんだ、てめえは？」

「…………」

「けど、そういう命知らず、嫌いじゃねえぜ」

　血塗れの顔が更に歪んで、忽《たちま》ち泣き顔に変わってしまう。強面たちの、だが強面らしからぬ優しい言葉が余程嬉しかったらしい。

「礼を……兄さんたちに礼をしなくちゃ……」

「いいよ、そんなの。そんなつもりで助けたわけじゃねえよ」

「それに、そのざまで、一体どうやって礼をするってんだよ？」

「…………」

口々に言い返されると、男は忽ち項垂《うなだ》れる。

「負け分払えずにイカサマしようとしたくれえだから、どうせオケラなんだろ？」

「………」

「図星だな」

「か、金なら、作るよ」

「どうやって？」

「どっかでひと勝負すれば……」

「てめえ、金持ってねえんだろう」

「ひと勝負するくれえなら……あるよ」

「呆《あき》れた野郎だな。そんな目にあって、まだ賭場に行こうってのか？」

「だって、そうしないと…兄さんたちに礼が……できねえ」

「だから、いいって言ってんだろ、礼なんて」

「但し、そんなに賭場に行きてえなら、とっておきのとこに連れてってやってもいいぜ」

「おい、やめとけよ、こんな怪我人――」

「い、行きてえ！　連れてってくれよ！」

止めようとする藍弁慶の男の言葉を遮《さえぎ》るようにそいつは言い、

「つ、連れてってくれ」

賭場に乗り気な、茶弁慶のほうの男に向かって懇願した。

「本気か？」

「おいおい、俺ァ冗談のつもりで言ったんだぜ」

だが、茶弁慶の男は苦笑しながら首を振った。

「俺は冗談じゃねえよ。ボロボロに痛めつけられて、このままで終われっかよ」

血に汚れた顔を自らの袂《たもと》に拭いながら、男は真顔で言い募る。

「頼むよ、兄貴たち」

必死な顔つきで懇願されて、強面たちは互いに顔を見合わせた。

「しょうがねえなぁ」

「一人で歩けるようなら連れてってやるから、ついて来な」

口々に言うと、あとは一顧《いっこ》だにせず歩を進めだす。

「ま、待ってくれ」

棒縞の男は痛みに耐えてすぐ立ち上がり、二人のあとについて行った。

「ここ、武家屋敷じゃねえのかい？」

ふと気弱な表情になって、男は問うた。

「ああ、五千石の旗本様のお屋敷よ」

強面の一人がニヤリと口許《くちもと》を歪めて答える。

「だ、大丈夫なのかい？」

「おめえ、武家屋敷の中間《ちゅうげん》部屋に入ったことねえのか？」

もう一人の強面が、揶揄《やゆ》するように問いかける。

「…………」

「このご時世、お武家の台所はどこも火の車なんだよ」

「渡り中間が長屋で賭場を開くのに目をつぶってやるだけで、ショバ代が入ってくるんだぜ」

口々に述べた後、

「旗本屋敷には、町方も火盗《かとう》も入れねえ。これほど安全なショバはねえんだよ」

藍弁慶のほうが、ゾクリとするほど凄味のある笑顔を見せた。

棒縞の博徒はそれきり口を噤《つぐ》むと、黙って二人のあとに続いた。二人は屋敷の脇門から中に入ると、勝手知ったる感じで足早に進む。彼らに遅れぬようついて行くのが精一杯だった。

「ここだ」

長屋の前でふと足を止めると、茶弁慶のほうが低く呟《つぶや》く。

時刻が時刻なので、屋敷内はシンと静まり、長屋の中からもそれほど人の気配はしない。

外から見た限りでは、中で賭場が開帳されているようには思えなかったが、茶弁慶は無言でその障子戸を開けた。

まるで我が家に帰って来たかのように落ち着いた足どりで中に入った茶弁慶のあとに続いて、そいつも、恐る恐る足を踏み入れる。

「…………」

一歩足を踏み入れた瞬間、後頭部に激しい衝撃をおぼえた。その衝撃が、痛みなのかなんなのかの判別もつかぬままに、意識を失った。

そもそも、激しい暴行を受けた直後に半刻近くも自力で歩いたこと自体、無理があったのだろう。

「チッ、手間かけさせやがって——」

「ホントの手間はこれからだ」

物騒な低い囁き声が果たして聞こえていたか。

※　※

（冷てぇ）

と感じた瞬間、文六《ぶんろく》は唐突に目を覚ました。

いきなり、頭から水をぶっかけられた心地であったが、実際そのとおりであった。

着物が濡れ、鬢《びん》からも冷たいものがしたたっている。

（え？）

一瞬間、己が誰で、何処にいるのかの判別がつかず、文六は混乱した。

「…………」

着物も体もともに冷たく、滴《しずく》のしたたる顔を袂に拭いたいと思うのに、それがなかなかなわぬことで、己の四肢が厳しく縛《いまし》められていることを、漸《ようや》く知った。

（え？　え？）

答えの出ない問いばかりが矢継ぎ早に湧いてきて、文六はただただ戸惑う。

（どうなってるんだ？）

と思うまもなく、不意に濡れた顔を拭われた。それも、ひどくぞんざいな荒々しい手つきで──。

「痛ッ！」

文六は他愛なく悲鳴をあげる。

「いてててて……」

「騒ぐな」

銀二《ぎんじ》はその耳許《みみもと》に低く命じておいて、厳しく文六の首の根を押さえつけた。押さえつけて、さらにごしごしとその顔を拭うためだ。傷口に水が沁み、痛くてたまらないが、顔を拭くための手拭いで口まで押さえられているため苦情を訴えることもできない。

「どうだ、九蔵《きゅうぞう》？」

血に汚れた顔を充分に拭き取り終えると、銀二は文六を括《くく》り付けた柱の側《そば》を離れた。

蠟燭《ろうそく》の火が、淡く文六の顔を映している。

「間違いないか？」

「ああ、間違いねえ」

代わって文六の前に立ち、その顔を覗き込みながら、

「間違いなく、こいつは《丁稚《でっち》》の文六だ」

僅かに口の端を歪めて九蔵は答えた。

「親父《おやじ》の手下だった、《丁稚》の文六よ」

「兄さんたち？」

実際にはできぬが、目を擦《こす》りたい思いで文六は二人を見た。

「こいつ、こんな面《つら》してなりも小せえから若く見えるが、俺たちとそう歳は変わらねえんだぜ」

「そうなのか？」

「ああ、若い頃には、お店《たな》で丁稚奉公してたんだぜ。三十過ぎても丁稚で通用したんだから、すげえだろ」

「それで、《丁稚》の文六か？」

「ガキの頃親父に拾われてよ。てめえの名前もろくにわからねえからって、親父が、てめえの名前から《文》の一文字をくれてやるほど可愛がってたのによう」

「けど、おめえの面を知らねえのはどうしてだい？」

「一緒にいたのは、五つか六つの頃までだ。俺は親父に反抗して、しょっちゅう家出してたしな」

「だったら、なんでおめえはそいつの面がわかるんだよ」

「ガキの頃から、全然変わってねえからだよ」

二人のやりとりを黙って聞いていた文六は、さすがに察するものがあったのだろう。

「ま、まさか……九蔵兄貴かい？」

二人の会話が途切れるのを待ち、恐る恐る問いかける。

「おうよ」

文六の真正面に立ちながら、九蔵は答えた。

「実の息子より可愛がられていながら、なんだって親父を裏切りやがった？」

「…………」

鬼の形相で詰め寄られ、文六は言葉を失った。

「いや、そんな話は別にどうでもいいや。兎に角、金の在処《ありか》を言え」

「か、金って……」

「とぼけても無駄だ。てめえは甲府城《こうふじょう》の御金蔵破りに加わってやがった。親父を出しぬいて掠《かす》めた金、何処へやりやがった？」

「し、知らないよ」

「とぼけんなよ、この野郎。死にてえのか？」

「ま、待ってくれ、兄貴……ち、違うんだ」

九蔵が凄味のある顔と声音で脅しにかかれば、文六は忽ち泣き声を出す。

「なにが、違うんだ？」

「裏切ったのは、《舫《もやい》》の兄貴たちで……俺はなんにも知らねえんだ」

「とぼけたって無駄なんだよ。おめえが金を持って逃げたことは、《舫》の音吉《おときち》が教えてくれたんだ」

「えっ？」

「音吉の野郎、教えるまでに随分と勿体ぶってくれたから、話し終えたときには、すっかり人相が変わっちまったぜ」

「そ、それは一体……」

「てめえも音吉と同類だ。……てめえら、よってたかって、親父を虚仮《こけ》にしやがって
――」

「ま、待ってくれ、兄貴――」

「俺はてめえの兄貴なんかじゃねえよ」

「…………」

「ああ、もう、面倒くせえなぁ」

門口近くに腰を下ろして煙管《きせる》をふかしていた銀二が、その灰を、ポンと煙草《たばこ》盆に落としざま、不意に声をあげた。

「手っ取り早く痛めつけて、さっさと金の在処を吐かせろよ、九蔵」

「痛めつける前に、一応こいつの言い分くれえは聞くべきだろうがよ」

険しい顔で、九蔵は銀二を顧《かえり》みる。

元々親分気質《かたぎ》の九蔵は、他人から指図されることを激しく嫌うのだ。

「聞いてどうする？『ああ、そういうわけなら、裏切っても仕方ねえな』って、赦《ゆる》してやるのかよ？」

「そんなわけねえだろうが。くだらねえこと、言ってんじゃねえぞッ、てめえ！」

「だったら聞いても無駄だろうって言ってんだよ」

「うるせえな。無駄かどうかは俺が決める。てめえはつべこべ口出すんじゃねえ！」

「いちいち声がでけえんだよ、てめえは。……お屋敷の中では静かにしろって言われてるだろうが」

「なんだと、この野郎ッ。俺に指図するんじゃねえッ」

「二人とも、五月蠅《うるさ》いよ」

若々しい男の声音が、そのとき不意に、二人の言葉を遮った。

「こんな時刻に戻って来て、長屋で騒いでたら、祖父《じい》さんが起きちゃうだろ」

「若……」

「若様……」

銀二と九蔵は、忽ち気まずげに口を噤む。

「ったく、いい大人が、なにつまんないことで言い争ってんだよ。祖父さんが、お庭番並に耳がいいってことは、銀二兄《にい》も知ってるだろ」

部屋の門口に立った勘九郎《かんくろう》は、厳しい表情で、己の父親ほどの年齢の男たちを叱責した。

叱責されて、二人はともに項垂れる。

(祖父さんも、酔狂が過ぎるよ)

項垂れた二人を見比べながら、勘九郎は心中深く嘆息する。

元々三郎兵衛《さぶろべえ》の密偵である銀二は兎も角、現役の盗賊の頭《かしら》である九蔵を屋敷に匿《かくま》う際、三郎兵衛は奇妙なことを言い出した。

「《不知火《しらぬい》》の九蔵は、盗賊の頭である以上、本来町方に引き渡すべきであるが、既に町奉行の職を離れた儂が、そこまでしてやる義理はない。当家におる限りは、匿ってやろう。どうだ、銀二とともに、甲府城の御金蔵から盗まれた金子《きんす》を捜してみぬか？」

という提案を、九蔵は快諾した。

町方に引き渡されるよりはずっとましだったし、甲府城の御金蔵の金には彼なりの思い入れもあった。銀二と協力し合うというのが多少気に食わない以外は、九蔵には概《おおむ》ね快適な環境であった。

但し、三郎兵衛がどこまで本気で言ったのかは勘九郎にもよくわからない。

勘九郎は、祖父の思惑が全く別のところにあるのではないかと密かに疑っている。

（多分、《尾張屋《おわりや》》吉右衛門《きちえもん》のことを、未だ気にしているのだろう）

と、憶測していた。

九蔵は、吉右衛門と会ったことのある貴重な生き証人である。何《いず》れなにかの役に立つのではないかと考え、手元に置くことにしたのではないか。

大胆不敵な悪事を働いた挙げ句、《尾張屋》吉右衛門は姿を消した。その行方は杳《よう》として知れず、名だたるお庭番を以《もっ》てしても、未だ捜し出すことができない。

そんな悪党を、三郎兵衛は自ら捕らえたいと望んでいる。

（まあ、あの歳まで生きてきて、他人に拉致されるなんて目に遭ったのは、あとにも先にもあれきりだろうからなぁ。忘れられるわけがねえよなぁ……）

内心の思いをひた隠しながら、

「兎に角、拷問するなら、静かにやってくれよ。……悲鳴なんか聞こえたら、祖父さん、絶対に起きちゃうからな」

「わかってます」

銀二と九蔵は異口同音に答えたが、

（全部聞こえとるわ、たわけが）

寝付きが悪く、庭を散歩していた三郎兵衛の耳には、すべて筒抜けであった。

銀二と九蔵が、文六を連れて屋敷に戻って来たあたりで気配を察し、長屋の近くまで来ていたのだ。

二人が言い争いをはじめたとき、勘九郎がいちはやく駆けつけることができたのは、二人が自由に屋敷に出入りするために、彼が手を貸していたからにほかならない。

予《あらかじ》め脇門を開けておいたのも、勘九郎の仕業《しわざ》であろう。

（儂には隠しておるが、大方、文六とやらを捕らえるためにも一役買っていたのであろう）

と推察した。

（盗っ人が、盗んだ金を手つかずのまま五年も秘匿しているとは到底思えぬ。……金

の在処など容易にわかるとも思えぬが、裏切り者への報復は必要だろう。一家を成した親分であれば、猶更《なおさら》だ）

三郎兵衛なりに推察すると、いまは黙って見過ごしておこうと思い、そっとその場を離れるのだった。

第一章　巷《ちまた》の噂

一

「ふふ……」

無意識の含み笑いが低く漏れたのだろう。

「なにやら楽しそうでございますな、松波《まつなみ》様」

ため息の如く密やかな声音であったが、小さな文机《ふづくえ》一つを挟んで座した稲生正武《いのうまさたけ》の耳は決してそれを聞き逃さない。

そして、絶妙の間《ま》で嫌味《いやみ》を言う。

「目安箱《めやすばこ》の投書は、さほどに面白うございますか？」

「ああ、面白いわい」

手許《てもと》の紙面に視線を落としたまま、悪びれもせずに松波三郎兵衛は答えた。

一方的な誹謗中傷や根拠のない密告が大半である目安箱の投書には、当初三郎兵衛は懐疑的であった。その点では、稲生正武とも意見を同じくしていた。

「斯様《かよう》に益体《やくたい》もないものに、いちいち目を通さねばならぬ我らの身にもなってほしゅうございます」

三郎兵衛の前では平気で愚痴をこぼすくせに、間違っても、上様に直接訴えたりはしない。

上様の前では蓋《けだ》し神妙な顔をして、

「今月も、目安箱には興味深い投書がございました。さすがは上様、下々《しもじも》にまでひろく意見をお求めになられるなど、頭が下がりまする」

とでも、述べているに相違ない。

うっかり目安箱の悪口など言い、ご政道批判と思われたくはないのだ。

(狡《ずる》い奴だ)

三郎兵衛は内心呆れているが、殊更《ことさら》指摘したりはしない。稲生正武の小狡い性根など、いまにはじまったことではない。

心中激しく舌打ちしながら、三郎兵衛は再び手許の紙面に目を落とす。

「これなど、ひどいものだぞ、次左衛門《じざえもん》。……上役が骨董道楽で奥方に隠れてこっそり二束三文の道具を買い求めては奥方に露見し、叱責された挙げ句、その道具を、こやつら——己の組の下の者らに無理矢理売りつけるのだそうだ。上役の立場を笠に着て下の者たちに無理強《じ》いするような者は、厳しく罰してほしい、と書いてある。こやつ、目安箱の意味がわかっておるのであろうかの、ふはははは……」

「どうせ匿名《とくめい》でございましょう」

大袈裟に声をはりあげる三郎兵衛に、稲生正武は思わず眉を顰《ひそ》める。

「ああ、匿名なのをよいことに、好き放題に書いておる」

三郎兵衛は容易《たやす》く同意し、

「しかも、ひどい筆跡《て》だ」

と付け加えた。

「左様なもの、到底上様のお目には入れられませぬ」

「まあ聞け、次左衛門。この投書の主が買わされた道具類の値は、だいたい五千文前後と書かれているから、その上役の石高もたかが知れておる。大方、辛うじて御役にありついておる貧乏旗本だろう。骨董好きの貧乏旗本が江戸に何人おるか知らぬが、お庭番に命じれば、三日とかからず調べてこよう。……役職は、定町廻りか御先手組か、何《いず》れそんなところだ。おまけに、これだけひどい筆跡なら、何処の誰かも容易く特定できる。名を書かずとも、書いたも同然ということだ」

「お庭番を、左様なことに使える道理がございませぬ」

「むきになるな、次左衛門。冗談だ」

稲生正武の剣幕を、三郎兵衛は少々持て余す。

「お庭番を使うというのは冗談だが、一見益体もなく思える匿名の投書の真偽を確かめる術《すべ》もなくはない、ということだ。そこに書かれているのが真実であればな」

「…………」

「お、これもなかなか興味深いぞ。……これまたひどい筆跡だが……殆《ほとん》ど仮名書きであるところをみると、町人かもしれぬな。であるとするならば、大方こやつはお店《たな》者《もの》であろうかの。古参の手代《てだい》が近頃妙に羽振りがよく、柄《がら》にもなく吉原《よしわら》に日参しておるそうだ。なにかよからぬ悪事をはたらいておるからに違いないので調べて欲しい、と書いてある。或いは、店の金を使い込んでおるのではないか、とな」

「目安箱に入れるより、お店の番頭に告げ口する案件でございます」

「…………」

身も蓋《ふた》もない稲生正武の言葉に、三郎兵衛は一瞬言葉を呑み込む。

全体、近頃の稲生正武は扱いにくくて仕方ない。

(いまもまだ、乗物に細工されたり、飯に毒を盛られたりしておるのかな?)

チラッと首を傾げてから、

「よいではないか、告げ口でもなんでも。上様とて、承知の上で箱を設置しておられるのだ。日頃、下の者が上の者をどう思うておるか、庶民の暮らしがどのようなものか――」

鷹揚な口調で三郎兵衛が言ったのに、

「上様はそれでよろしゅうございましょうが、我らのお役目は下々の暮らしを知ることでも、それらの不正を暴くことでもございませぬ」

その言葉を中途で遮るように稲生正武は言い返した。決して荒い語気ではないが、すべてを否定する頑《かたく》なな口調であった。

それ故三郎兵衛は、

「わかっておるわ」

鼻白《はなじろ》んだ顔で言い、激しく舌を打つしかない。

三郎兵衛は内心憤慨した。

(こやつはなにもわかっておらぬ)

己の保身と出世にしか興味のない者には、なにを説いたところで、詮無《せんな》いことだ。目安箱の投書は、本来記名のものだけが取り上げられて将軍の目にふれる。無記名のものは廃棄されるきまりだが、吉宗《よしむね》は屢々《しばしば》無記名のものも読みたがった。

人は、意味のないことはしない。

他に訴える手段をもたぬ弱者が、己の名を明かすこともできず、匿名でこっそり訴えることがあるかもしれぬ、というのが吉宗の考えであった。三郎兵衛は、その考えに賛同した。

(名もなき民の言葉に耳を貸すのは、将軍として当然のことだ。それもわからぬとは、愚かな奴よ)

腹の中でだけ悪口を吐き、三郎兵衛はむっつりと押し黙っていた。

稲生正武も気まずげに口を閉ざしたため、他に人のいない芙蓉《ふよう》の間には忽《たちま》ち気重な沈黙が流れた。

いやな沈黙がしばし続いた後、

「それはそうと、松波様、駒木根《こまぎね》殿へのお見舞いのほうは、どういたしましょう?」

稲生正武は白々しくも話題を変えた。

「え、駒木根?」

唐突な言葉に驚き、三郎兵衛はきょとんとして稲生正武を見返す。

「駒木根がどうした？」

「先日お伝えしたではありませぬか。少し前から、病《やまい》で伏せっておられます」

三郎兵衛の反応に、稲生正武はあからさまに顔を顰《しか》めた。

「なにを言うか。駒木根の病など、いまにはじまったことではあるまい。……今更見舞いとは笑止千万だ」

だが三郎兵衛は、稲生正武の態度に再び憤慨し、強い語調で言い返す。

「これはしたり。駒木根殿は、生来あまりお丈夫ではございませぬ故、それがしが大目付を仰《おお》せつかってからは、極力お屋敷にてご養生いただいておりますが、これまで、特に目立った病を得られたことはありませぬぞ」

「え？」

三郎兵衛はさすがに耳を疑った。

「それはまことか？」

「まことでございます」

稲生正武は頷《うなず》き、当然三郎兵衛は絶句する。

三郎兵衛と稲生正武の相役《あいやく》である駒木根政方《まさかた》は、享保《きょうほう》十七年から大目付の職に就いている。三郎兵衛はもとより、稲生正武にとっても大先輩であった。

だが、政方は、この数年病を理由に殆ど登城していない。

「病でもないのに、養生と称して屋敷におるのか。とんだ俸禄泥棒だな」

「口をお慎みくだされ、松波様」

三郎兵衛の悪態を、厳しい語調で稲生正武は制した。

「駒木根殿のご養生は、上様からもお許しをいただいてのことでございまする」

「そうなのか？」

三郎兵衛にはこれまた初耳である。

「なんだと？」

「左様。ご高齢であられまする故──」

それ故忽ち顔色を変えた。

「高齢というなら、儂のほうがずっと高齢であろうが」

「ま、松波様は……」

一瞬間言葉に詰まりながらも、

「松波様は、ご壮健であられます故──」

稲生正武はぬけぬけと言ってのけた。

しかる後、

「そもそも、松波様が、これほど頻繁に登城なされるほうが、おかしいのでございます」

と言いたそうな顔つきで、だが口には出さずに三郎兵衛を見返した。

（ああ、そのとおりだ）

三郎兵衛も、声に出さずに腹の中でだけ言い返した。

三郎兵衛が大目付に就任する際、吉宗から取りつけた約束は、格別の用がなければ敢えて登城に及ばず、の一条だけだった。裃《かみしも》を着けての城勤めが面倒だったからにほかならない。

ところが、実際にはその約定と裏腹、三郎兵衛は存外頻繁に登城している。

用もないのにちょくちょく登城するのは、三郎兵衛なりの理由があってのことなのだが、稲生正武にとっては迷惑千万な話であった。

用もないのに登城しているのだから、黙っておとなしく座っていればよいものを、

「退屈だから、なにか仕事をさせろ」

と執拗に言ってくる。

困惑した稲生正武が、漸《ようや》く、目安箱の投書を、記名のものと無記名のものに仕分け

する、という仕事を与えてやったのに、無記名の投書の中にも上様のお目にとめるべきものがあると言い張り、一向に破棄しようとしないから、ちっとも作業が進まない。無記名の投書はすべて悪戯《いたずら》と見なし、早い段階で破棄するきまりなのに。

（だが、それを言えば、このジジイは上様のご意向を振りかざし、偉そうに説教してきおる。……したり顔のジジイの説教など、真っ平だ）

と常々思っている心の裡は、もとより微塵も面《おもて》には出さない。

稲生正武は稲生正武で、常々気苦労が絶えないのだった。

「それで、駒木根は一体なんの病なのだ？」

三郎兵衛が気を取り直して問うたのは、例によってしばしの気まずい沈黙の後である。

「月が変わってからずっと臥せっておられると聞き及びますので、時節柄風邪《かぜ》をこじらせたのではございますまいか」

「なんだ、風邪か」

三郎兵衛は苦笑した。

「風邪くらいで、なにを大袈裟《おおげさ》な――」

「風邪を甘くみてはなりませぬ」

稲生正武の表情と口調は、忽ち厳しいものとなる。

「とりわけ駒木根殿はご高齢にございますれば、なにがあってもおかしくございませぬ」

「儂よりも七つか八つ若い筈だが？」

「それは……」

貴殿は特別でござる、という言葉を辛うじて呑み込み、

「ともあれ、病と知れた以上、一度お見舞いを差し上げるべきでございましょう。駒木根殿は、大目付の中では最古参の御方でございます」

稲生正武は淡々と言葉を続けた。

三郎兵衛にはそれが理解し難い。

「それが殿中のならわしなのか？」

「ならわしといいますか、慣例といいますか……兎も角、知らぬ顔はできませぬ」

「ならば、うぬが贈ればよいではないか。うぬが大目付筆頭だ」

あっさり認めて、三郎兵衛は、己にとって全く意味を持たぬ問答をさっさと終えようとした。

「それはなりませぬ」

だが、稲生正武はそれを許さなかった。

「え？」

「こういうことは、大目付同士が談合いたして決めるべき事案にございます」

「なに、談合だと？」

「はい」

「大袈裟ではないか？」

「いいえ、決して大袈裟ではございませぬ」

「…………」

稲生正武の剣幕に、三郎兵衛は少しく困惑する。

「二人で話し合って決めるということが、肝要なのでございます」

「そうなのか？」

「はい。それがしの一存にて決めるなど、以《もっ》ての外《ほか》にございます」

「では、どうすればよい？」

「松波様はどう思われます？」

「なにがだ？」

「駒木根殿への、見舞いの品でございます」

「……………」

「なにを贈ればよいと思われます？」

「それは……」

危うく、なんでもよい、と言いそうになるのを辛うじて間際《まぎわ》で止め、三郎兵衛は懸命に思案した。

「病人への見舞いなのだから、なにか滋養のあるもの……人参《にんじん》などでよいのではないか」

考え考え、三郎兵衛が応えると、

「人参でございまするか」

だが稲生正武は忽ち難色を示す。

「人参ではいかんのか？」

三郎兵衛は恐る恐る聞き返した。

「近頃人参の価格は、高騰しております」

「仕方あるまい。人参は元々高価なものだ」

「昨年長崎《ながさき》に参りました清人《しんじん》の話によれば、いつも仕入れている朝鮮《ちょうせん》の商人から、本国でも不足している、と言われ、いつもの量を仕入れられなかったそうでございます」

「なんだと?……それは、不作ということか?」

「さあ、詳しくは存じませぬが、兎に角、長崎にもたらされる数が常より少ないことは間違いないようで、それ故必然的に値が上がっております」

「だと言うて、まさか、ひと株十両もするわけではあるまい。見舞いなのだから、けちけちすることはなかろう」

「左様、見舞いでございますから、まさかひと株というわけにはまいりませぬ。少なくとも、五、六株はなければ、恰好がつきませぬ」

「……………」

「されば、五十両は覚悟せねばなりませぬな」

「まこと、ひと株十両するのか?」

「それくらい、覚悟せねばならぬということでございます」

「……………」

「とはいえ、あまりに法外な値のものを、それと承知で買い求めるのは癪《しゃく》に障《さわ》ります。松波様は、そう思われませぬか?」

「それは、思うが……」

口ごもりつつ、

(こやつ、存外吝嗇《けち》だな)

三郎兵衛は内心呆《あき》れてもいる。

確かに、見舞いの品に五十両もかけるのは法外な気もするが、そもそも稲生正武の言い出したことだ。大目付一同の名義で贈るのであれば、多少値のはるものになったとしても、仕方ない。

見舞いの品を決めるのに、己一人の判断ではなく、二人で談合する必要があると力説したのは、それが法外な値のものであった場合、折半しようと考えてのことだろう。

(仮に、うぬが一人で決めたとしても、儂はそれに異を唱えぬし、言われずとも折半するわ)

思うと同時に、三郎兵衛は内心憮然とした。

それならそうと、はっきり言えばよい。なのに、口には出さず、己の思惑へそれとなく導こうとする稲生正武の狡猾さが、三郎兵衛はたまらなくいやだった。横っ面をひっぱたいてやりたい、と思うくらい、いやだった。

「しかし、妙だな」

それ故、つい口に出して言った。

「人参が不足して、それほど値が高騰しているのであれば、そのことへの投書が一通くらいあってしかるべきだ。だが、本日の投書の中には、そんな内容のものは一通もなかったぞ」

「それはそうでございましょう」

「なに？」

「お店の手代の行状を密告《ちく》るような輩《やから》が、人参のことなど気にかけているわけがございませぬ」

「…………」

「そうは思われませぬか？」

「思わんな」

ふて腐れた口調で三郎兵衛は言い返し、したり顔の稲生正武を、鋭く見返した。

「人参は所詮下々《しょせんしもじも》には手の出ぬ高価な品だ。元々手の出ぬものの値がどれだけ上がろうが関わりはない。それだけのことだ」

「…………」

「平素から人参を手にできる者の多くは金持ちだ。金持ちは、多少値上がりしようが気にもかけぬし、投書もせぬ。それだけのことだ」

腹立ち紛れに身も蓋もない言葉を吐いてから、

「それで、駒木根の見舞いはどうするのだ?」

三郎兵衛は真顔で問い返した。

「…………」

厳しい目で見据えられて、稲生正武がしばし言葉を躊躇《ためら》ったことは言うまでもない。

二

「話が違うではないか」

茶菓を運んできた若い侍女《じじょ》が去ると同時に、三郎兵衛は小声で苦情を述べた。

「見舞いの品を届けるだけの筈ではなかったのか」

「もとより、それがしもそのつもりでございましたが、ああまで強く懇願されては抗《あらが》うわけにもまいりませぬ」

涼しい顔で応えつつ、稲生正武はゆっくりと、茶托の上の茶碗を手にとる。ひと口含んで悠々と飲み下してから、

「あまり執拗にお断りしては、失礼になりまする」

いけしゃあしゃあと、言う。

「相手は病人なのだぞ。如何《いか》に強く懇願されたとはいえ固辞するべきであろうが」

「幸い、本日は気分がよいとご当人が仰せなのですから、よいではありませぬか。具合が悪いのに、さほど親しいわけでもない我らと顔を合わそうなどとは思われますまい」

「あまり親しくないからこそであろう」

声が部屋の外に漏れぬよう、きつく奥歯を嚙み締めるようにして三郎兵衛は言葉を続ける。

「さほど親しいわけでもないわれらが、わざわざ屋敷まで訪れたればこそ、無理をしてでも奥へ通して挨拶せねば、という気になったのであろう。だから儂は、わざわざ屋敷を訪ねたりせず、見舞いの品だけ届けさせればよいと言うたのだ」

「よいではありませぬか。松波様とて、駒木根殿にご挨拶するよい機会でありましょう」

「…………」

悪びれもせず言い、茶を飲んでは、菓子を口に運ぶ稲生正武の横顔を、呆れる思いで、三郎兵衛は見据えた。

（こやつ――）

稲生正武の魂胆など、三郎兵衛にははじめからお見通しである。

稲生正武は、常日頃どんなに短い距離でも乗物を用いる。

だが今日は、乗物を嫌う三郎兵衛につきあい、鍛冶橋《かじばし》御門にほど近い駒木根政方の屋敷まで徒歩で来た。蓋し疲労していようし、喉《のど》も渇いたことだろう。

「どうか、お上がりください」

との誘いは、渡りに船だったに違いない。

満足げな面持ちで甘い菓子と茶を交互に口に運んでいる稲生正武を、苦々《にがにが》しい思いで三郎兵衛は見据えている。

（はじめから上がり込むつもりでここへ来たのだ。意地汚い奴め）

見据えつつ、内心ギリギリと歯嚙みをしている。

駒木根政方への見舞いの品は、結局少しの人参と、今朝方紀州《きしゆう》から届いたばかりだというみかんにした。みかんは、不作の年でなければそれほど高価なものではない。

（はじめから上がるつもりだからこそ、儂を連れて来たのだ。一人で上がり込むのはさすがに気がひけようからのう）

稲生正武の意図は察したものの、それに易々とのせられたことが忌々《いまいま》しくて仕方なかった。

（しかし、そうまでして、病人の屋敷に上がり込みたい理由とは一体なんだ？）

三郎兵衛の思案が極まったとき、音もなく襖《ふすま》が開いて、若い小者に脇を抱えられた駒木根政方が入って来た。

（これは……）

ひと目見た瞬間、三郎兵衛は言葉を失っていた。

白綾《しろあや》の寝間着の上に瀟洒《しょうしゃ》な唐織《からお》りの羽織を羽織った姿が痛々しく、三郎兵衛の胸は甚《はなは》だ痛んだ。

（正真正銘の病人ではないか）

やっとのことで寝床から起き上がったらしいその様子もさりながら、三郎兵衛にとってなにより衝撃的だったのは、政方の、あまりにも弱々しく年老いた姿であった。鬢《びん》も髷《まげ》も真っ白で、それだけでも充分老人に見えるというのに、元々小柄な体が病で一層縮んでしまったのか、小児かと見まがうほどの大きさにしか見えない。

（これで、儂より七つも若いのか？）

三郎兵衛は最終的に首を傾げた。

長く勤めを休んでいるといっても、城中の行事の折には伺候《しこう》している。ちょくちょく顔を合わせてはいた。

そもそも、駒木根政方も稲生正武と同様、前職の勘定奉行時代から、役職を同じくしている。就任の時期は三郎兵衛が最も遅く、相役であった期間もほんの三、四年にすぎないが。

（そういえば、あの頃から、借りてきた猫のようなお人であったなぁ）

相役といっても、公事方《くじかた》と勝手方《かってかた》では職務の内容が全く違うため、日頃から別々の場所にいて、顔を合わせることは滅多にない。格別親しくしていたわけでもないから、印象の薄い老人の顔など、殆ど見覚えていないのも当然であった。

「これは駒木根様、大変ご無沙汰いたしております」

政方が座に着くか着かぬかというところで、稲生正武がすかさず言って頭を下げた。

寸前まで菓子を貪《むさぼ》り食っていた同じ者とは到底思えない。

その素早さには、最早《もはや》敬意を表するしかない。

「松波様、稲生様、よくおいでくださいました」

駒木根政方の声音は当然か細く、懸命に耳を傾けていなければ聞き逃してしまいそうだ。

（これは、いかん）

三郎兵衛は大いに慌てた。

「肥後守《ひごのかみ》様」

小さく一礼してから、改めて威儀を正し、

「お加減が悪いと伺っておりましたのに、このように突然押しかけてしまい、申し訳ござらぬ。こうして元気なお顔を拝見したので、すぐに失礼いたしましょう」

恭《うやうや》しく述べた。

駒木根家と松波家は、家格でいえばほぼ同格であり、三郎兵衛のほうが年上であるとはいえ、大目付としては政方のほうが先輩である。同じ年下の先輩である稲生正武に対しては平素からぞんざいな口をきく三郎兵衛も、殆ど口をきいたことのない先輩に対しては礼儀正しい態度をとった。

敬意を表すというよりは、自分よりずっと弱々しい老人に見える病人に対して、高飛車な態度をとることができなかったのだ。

「いやいや、折角おいでくだされたのですから、どうかゆるりとなさってくだされ」

「恐れ入ります」

「そうだ。時刻も時刻ですし、是非夕餉《ゆうげ》を召しあがっていってくだされ。いま、仕度させまする」

「とんでもない！」

三郎兵衛は激しく頭《かぶり》を振った。

「これ以上長居をしては、肥後守様のお体にさわる。我らはこれにて失礼いたします。お目にかかれただけでも幸いでござる」

「松波様」

「次は、ご本復なされてから、ご城中にてお目にかかりましょうぞ。どうかそれまで、しっかりご養生なされてくだされ」

「…………」

三郎兵衛の言葉が嬉しかったのか、駒木根政方は忽ち顔を赤くした。堪《こら》えてはいても、目頭が熱くなるのをどうにもできぬようで、慌てて懐《ふところ》から懐紙を取り出し、鼻をかむ。

三郎兵衛も慌てて目を逸らすと、

「美味《うま》い菓子もいただいたし、もう、失礼するぞ、次左衛門」

傍《かたわ》らでぼんやりしている稲生正武を促した。

「え？　し、しかし、松波様、駒木根様は夕餉をと……」

低声《こごえ》で耳許に囁きざま、引きずり上げんばかりの勢いで引き連れ、強引に辞去したのだった。

「いいから、帰るぞ」

駒木根家の門を出て、少しく歩き出してからも、稲生正武はなお不満顔であった。

「夕餉を、何故お断りになったのです」

「駒木根殿のように、一度長崎奉行を務められた方は、在勤時の美食が忘れられず、唐《から》や南蛮《なんばん》の料理をときどき膳にのせると聞きますぞ。……唐南蛮の珍味を食せたかもしれませぬのに……」

「このご時世に、大目付ともあろう者が左様な贅沢《ぜいたく》をするものか。それに、病人は珍味など好まぬ。あの様子では、粥《かゆ》すらろくに喉をとおるまい」

「ご本人は食されずとも、客には珍味を出すかもしれぬではありませぬか」

「では、いまから、貴様だけ戻って馳走になれ。『腹が減って動けなくなりました』と涙ながらに訴えれば、憐れに思うて食わせてくれよう」

「そんなみっともない真似《まね》はできませぬ」

稲生正武はさすがに眉を顰め、声を落とした。

（一応体裁は気にするのだな）

三郎兵衛は心中密かに嘲笑《あざわら》う。

そうとも知らず稲生正武は、

「折角先方が好意で言ってくれたのに、あんなに無下《むげ》に断らずとも……」

いつまでもぐずぐず文句を言い続けた。

内心辟易しながらも、

「南蛮の飯なら、そのうち儂が馳走してやる」

仕方なく三郎兵衛は言ったが、不満げな稲生正武の顔つきは変わらず、

「松波様には、長崎奉行をなされた経験などござらぬではありませぬか」

一層恨みがましい目で見返してくる。

「わざわざ長崎から取り寄せずとも、唐人宿のまかないで充分だ。唐人宿の者になら、南町《みなみまち》の頃からの知り合いもおる」

辟易しながら三郎兵衛は言い返し、だがしかる後稲生正武の耳許に、

「そんなことより、わざわざ儂をつきあわせてまで駒木根の屋敷を訪ねた成果はあったのか？」

低く問いかけた。

「………」

稲生正武は答えず、答えぬ者をどう扱うべきか、三郎兵衛にはそれ以上思案の必要はなかった。

「これ以上空惚《そらとぼ》けるつもりなら、ぶん殴るぞ」

「お、おやめください」

これまでの経験から、危険を察したのだろう。稲生正武は即座に言い返した。

「実は、駒木根殿には、よくない噂がございまして――」

「どんな噂だ？」

「大名の抜け荷に手を貸しているという噂でございます」

「抜け荷だと？　まさか――」

「正確には、抜け荷を手助けすることによって、大名から金品を受け取っているようです」

「根も葉もない噂であろうが」

「いいえ、根も葉もない噂ではございません」

「では一体どんな根拠があるというのだ？」

「駒木根殿の前職は長崎奉行でございます」

「だからどうした？　長崎奉行を経験した者は、皆抜け荷の手助けをするのか？」

「すべての長崎奉行にそれが可能なわけではありません。現在大目付の職にあればこそ、でございます」

「………」

一旦言葉を呑み込んでから、

「そんな者は、他にも大勢おる」

三郎兵衛は言い返したが、

「いまは、駒木根殿しかおられませぬ」

自信に満ちた口調で断言する稲生正武に、結局三郎兵衛は言い返せなかった。

現在大目付の職にあるのは、稲生正武と三郎兵衛、それに駒木根政方の三人だ。

三郎兵衛が大目付職に就く少し前、大目付の一人──石野範種《いしののりたね》が、在職中に急死した。三郎兵衛の大目付就任はその補塡のためだと思われがちだが、実はそうでもない。

何故なら、大目付の定員は四名の筈なのに、いまにいたっても、残る一席は空席のままなのだ。三郎兵衛が任に就く以前から、大目付は三名しかいなかった。即ち、無駄を省くという吉宗の方針にほかならない。

とまれ、大目付が三人である以上、稲生正武の言葉には一抹の信憑性があった。

「それで、なにか怪しいところはあったのか？」

焦れた三郎兵衛は、やや強い口調で稲生正武に問うた。

「わかりませせぬ」

稲生正武は一旦項垂れたが、

「あんな短い時間で、なにもわかるわけがありませぬ。……だから、夕餉を馳走になればよかったのでございます」

再び不満顔に恨みを滲《にじ》ませて言い募る。

「この、たわけがッ」

三郎兵衛は思わず声を荒げた。

稲生正武の体が、その瞬間ぶるッと大きく震えたのは、耳許から抜き身の鋒《きっさき》でも突き入れられると錯覚したためだろう。それほどの剣幕であった。

「それならそうと、何故儂に一言言っておかなかったのだ」

「…………」

「はじめからそうと知っておれば、もっと屋敷の隅々にまで目を凝《こ》らしておったわ」

「…………」

「何故言わなかった？」

「…………」

「儂に言えば、相役の者を疑うなど以ての外、とでも言われ、阻まれると思ったか？」

「…………」

「図星か」

「松波様は、存外お優しゅうございます故、迂闊《うかつ》なことは申せませぬ」

「うぬが思うほど、儂はお人好しではないわ」

むきになって三郎兵衛は言い募ったが、多少むきになったくらいでは、稲生正武の、三郎兵衛に対する認識を覆すことはできないだろう。

「兎に角、そういうことなら、事前に一言言うておくべきだったのだ。……ああいう形で退散した以上、今後おいそれと屋敷を訪問することはできんぞ」

「…………」

稲生正武が不機嫌な顔つきで黙り込んだのは、

「そんなこと、貴方様に言われずともわかっております」

という言葉を、口には出さずに呑み込んだためだろう。

例によって、二人のあいだに気まずい沈黙が訪れる。

（儂に黙って事を運ぼうとするとは生意気な。……矢張り、ひとつぶん殴っておくか？）

口を閉ざしているあいだ、三郎兵衛はそんな思案をしていたが、少しく歩いてから、

「それはそうと、駒木根肥州《ひしゅう》、ちょっと老《ふ》けすぎではないか？」

気まずさに負けて、ふと三郎兵衛のほうから話しかけた。とはいえ、稲生正武をぶん殴りたいという欲求が完全に潰《つい》えたわけではない。

「急に老け込んだのは病のせいか？」

重ねて問いかけつつ、戸惑う稲生正武の側に身を寄せる。

「さあ……それほど老け込まれたようにも見えませんでしたが」

三郎兵衛の内心を薄々察するのか、稲生正武は全身に緊張を漲《みなぎ》らせていた。

「では元々老けていたのか？……言ってはなんだが、あれでは八十過ぎの爺《じじい》ではないか」

「ご自分を基準になされるから、そう思われるのでしょう。……寧《むし》ろ、奇異なのは松波様のほうでございます」

「なんだと？　儂のなにが奇異だと言うのだ？」

声を荒げて言いつつ三郎兵衛は稲生正武の肩に手をまわし、グイッと引き寄せる。

引き寄せざま、

「尾行《つ》けられている」

小声で耳許に囁いた。

「え？」

稲生正武の体は忽《たちま》ち凍りつく。

「走って逃げる自信はあるか？」

「………」

稲生正武は無反応であった。

否定も肯定もしないのは、三郎兵衛の問い方が悪いせいだった。「自信はあるか？」と問われて肯定すれば、「では、全力で走れ」と命じられるに決まっている。否定すれば、「ならば、死ぬしかあるまい」と宣告されぬとも限らない。

稲生正武にとっては、どちらも真っ平ごめんである。それ故、

「困ったな」

答えぬ稲生正武を、更に脅かす目的で、三郎兵衛は一層声を低めた。

「走って逃げても、おそらくこの先には待ち伏せしている者がおる」

「………」

「お前が雇っている伊賀者《いがもの》は、いまもお前を警護しているのだろうな？」

「お、おそらく……」

稲生正武の顔からは既に血の気がひいている。

「ならば、心配あるまい」

「ま、松波様」

「なんだ」

「まさか、我らの命を狙う者が？」

「まだわからんが」

お茶を濁しつつ、三郎兵衛は稲生正武の手を引いて進む。三叉路《さんさろ》を、最も細くて人《ひと》気《け》のなさそうな道を選んで進んだ途端、

「表通りに向かわぬのですか？」

稲生正武はすぐそのことに気づいて訝《いぶか》った。

「折角待ち伏せしてくれているのだ。行ってやらねば申し訳ないではないか」

「なっ……」

稲生正武は絶句し、

「なにを仰せになられる！」

忽ち顔色を変えて抗った。

「刺客《しかく》が待ち伏せているところにわざわざ出向くなど、狂気の沙汰でござる！」

「伊賀者が護ってくれているのだから、大事あるまい」

「い、伊賀者など、信用できませぬ」

三郎兵衛の腕を振り払おうと藻掻《もが》くが、もとより、容易く逃す三郎兵衛ではない。

「貴様こそ、なんということをぬかすのだ。伊賀者が聞けば情けなくなろうぞ」

三郎兵衛の口調はどこか楽しげであった。いまにも陽が暮れ落ちようとしているため、薄暮の中では互いの表情まではよくわからない。

時刻は、未だ暮《くれ》六ツには達していまい。

あわよくば夕餉にありつこうという魂胆だったから、申《さる》の刻過ぎという微妙な時刻に、駒木根邸を訪問した。だが、稲生正武の思惑どおりにはならず、主人の顔を見てすぐ辞去してしまった。

それ故、一刻と経っていない筈だが、季節柄日没は早い。

「お放しくだされ、松波様。……それがしは、これ以上先へ行くのはいやでござる」

「いいから、来るのだ。儂のそばにおるほうが安全だとわからぬか」

「わかりませせぬ。狙われているのは、或いは松波様お一人かもしれぬではありませぬか」

「どちらか一人が狙われているというなら、当然うぬのほうであろうが、次左衛門」

「な、何故でござる？」

「うぬのほうが、より多くの人の怨みを買っているからだ」

「なにを仰有《おっしゃ》る。松波様ほどではありませぬ」

「なにをぬかすか、この、落とし穴野郎が」

「お、落とし穴とは、如何なる意味でござる」

「なんだ、貴様、己のあだ名も知らんのか」

「あだ名ですと？」

「『人を嵌《は》めるものは落とし穴と稲生次左衛門』と、三つの子までが噂しておるわ」

押し問答を繰り返しながら、少しずつ、三郎兵衛の行きたい方向へと進む。

三郎兵衛が向かおうとしているのは、もとより人気のない火除地《ひよけち》のほうである。稲生正武は連れて行かれまいとして懸命に踏んばるが、三郎兵衛の膂力《りょりょく》は、ひ弱な抵抗など軽々と凌駕した。

「ま、松波様ーッ」

「ああ、五月蠅《うるさ》いのう。それほどいやなら、もうよいわ。勝手に死ね」

疎《まば》らな雑木林も尽き、眼前の視界が広がったところで、三郎兵衛は不意に、稲生正武を突き放した。

「言っておくが、いまから引き返せば、追ってきた者共《ものども》と鉢合わせするぞ」

直ちに踵《きびす》を返して走り出そうとする稲生正武の背に、冷ややかな語調で三郎兵衛は言い放つ。

「…………」

「それがいやなら、その天水桶《てんすいおけ》の陰にでも隠れておれ」

その瞬間、稲生正武の体がブルリと大きく震えるのを確認せず、三郎兵衛は大刀の鯉口《こいぐち》を切った。

(追っ手は武士だが、この先で待ち伏せしているのは忍びだな)

気配から瞬時に察すると、踵を返して足早に戻る。

先に、楽な相手から斃《たお》してしまおうという魂胆だった。

稲生正武は言われたとおり、道端に高く積まれた天水桶の陰に素早く身を滑《すべ》り込ませた。

周囲は、既に薄暮から、本格的な夜の闇の様相を呈しつつある。夜目のきかない稲生正武としては、兎に角身の安全を確認できるまで、じっとしているしかなさそうだった。
（そうだ、そこでじっとしていろ、次左衛門）
背中で察して安堵しざま、三郎兵衛は抜刀した。
（一人で逃げようとしてうろうろすれば、巻き込まれて命を落とすぞ）
青眼に構えたのとほぼときを同じくして、最初の敵が三郎兵衛の眼前に殺到していた。

三

ズッ…
ぶぎしゅ、
いやな音だった。
鋼《はがね》が擦《こす》れたのはほんの一瞬で、あとは肉を斬る独特の感触が残った。
斬られた相手は即死であろう。
バサリと力無く頽《くずお》れた体からは、既に生き物の気配はしなかった。
大勢を相手にしなければならないことを覚悟して、労力を温存したつもりだった。

三郎兵衛の判断は正しく、すぐ次の敵が死角から来る。左脇だ。

心得ている三郎兵衛は、振り向きざま、
ずぬッ、
と鋸《のこぎり》でもひく要領で、刃を敵の頸動脈にあて軽く斬り下げる。敵が地に伏すのを確かめるまでもなく、すぐ踵を返すと、三人目の敵に対する——。

対する筈だった。

次の敵が、背後に迫っていることを想定していたのだが、

(妙だな)

次の敵はなかなかかかっては来なかった。

三郎兵衛の腕に恐れをなしてのことだとすれば有り難いが、どうもそうではないような気がする。

(…………)

何故とも知れぬ違和感をおぼえた三郎兵衛は、闇間《やみま》に目を凝らした。

群生する薄《すすき》の中に潜《ひそ》む者がいないか、懸命に目を凝らすが、なんの気配もしないところに目を凝らしてみたところでどうにもならない。

(何故おらぬ?)

油断なく構えたままで、無意識に首を傾げた三郎兵衛の目が、次の瞬間意外な人物の姿をとらえた。

（え？）

首を傾げつつも、そのときすべてが終わっていることを、三郎兵衛は覚った。

「残りは片付けたぜ、祖父《じい》さん」

「勘九郎」

気配がしないのも道理であった。

三郎兵衛を追ってきた七、八人は、三郎兵衛が瞬時に斬った二人を除いて、すべて勘九郎が始末していたのである。

「何故うぬが、ここに？」

ぼんやり口走りながらも、追っ手は勘九郎が片付けたとしても、待ち伏せしている筈の者が一人もいないことへの奇異の念は未だ消えない。

（どういうことだ？）

「なんだよ、祖父さん。腑に落ちねえって顔してるけど、まさか桐野《きりの》のことを忘れちまったんじゃねえだろうな」

勘九郎が指摘するのと、桐野が不意に姿を現すのとがほぼ同じ瞬間のことだった。

闇に紛れ込む黒装束の桐野は、例によって涼しい顔つきだ。ひと仕事終えた後だというのに、息一つ乱していない。

待ち伏せの人数は、果たしてどれくらいいたのであろうか。

もとより、今更訊く気にもなれぬ三郎兵衛ではあったが、

「桐野は兎も角、何故うぬがここにおるのだ、勘九郎？」

勘九郎への疑問だけは、口に出さずにはいられなかった。

「何故って、祖父さんを尾行《つ》けてたからに決まってんだろ」

「何故尾行けてきたのだ？」

「決まってんだろ、こういうことがあるんじゃないかと思ったからだよ」

「おのれ、推参《すいさん》なり、勘九郎ッ」

勘九郎の言葉を聞くや否や、三郎兵衛は、唐突に声を荒げた。

「要らざる斟酌《しんしゃく》じゃッ！」

「なんだと！」

勘九郎もまた、強い語調で言い返した。

「人が心配して……」

「………」

「たとえどのようなことが起ころうと貴様の世話にだけはならぬわ、豎子《こぞう》ッ」

「でけえ口をきいてくれるな、爺ッ！　この前、箱に入れられて、手もなく拉致されたことを忘れたのかよッ」

「若君！」

桐野がすかさず口を挟んだ。

「お言葉が過ぎまするぞ！」

日頃勘九郎には甘い桐野が厳しく叱責すればするほど、三郎兵衛の心は傷つかざるを得なかった。罵《ののし》られるよりも、労《いたわ》られるほうがずっとつらい。

桐野に叱責され、勘九郎はすぐ己の失言に気づいた。

「悪かったよ。言い過ぎた」

勘九郎は素直に謝り、少しく項垂れた。

勘九郎が素直に謝ったことで、三郎兵衛は一層傷ついた。

(労られている……)

ということが、却って本人を辛くするなどとは、若い勘九郎は夢にも思うまい。

(桐野は兎も角、勘九郎にまで労られるとは、情けない)

三郎兵衛が淋しく両肩を落としたとき、

「松波様？」

どうやら助かったと覚った稲生正武が、灌木の幹の陰から這々《ほうほう》の体《てい》で這い出して来る。天水桶の後ろから灌木の陰へと、より安全な場所を求めて移動していたのだろう。

「終わったのでございますか？」

「ああ」

恐る恐る問うてくる稲生正武の問いに、浮かない顔で三郎兵衛は応じたが、その途端、

「さすがは松波様」

稲生正武は忽ち晴れ晴れとした顔になり、満面に笑みすら浮かばせる。

「やめよ、次左衛門」

渋い口調で三郎兵衛が窘《たしな》めるのに、

「上々でございます」

稲生正武は大仰な嘆声をはりあげた。

それが、三郎兵衛の耳には殊更白々しく聞こえる。

「しかし、これではっきりいたしましたな」

「なにがだ？」

稲生正武の言葉に、三郎兵衛は明らかな不快を示して問い返す。

「駒木根政方が、抜け荷に加担しているということがでございます」

「何故そうなるのだ?」

三郎兵衛は当惑し、問い返す。

「知れたこと。我らが駒木根政方に疑いを抱いている、ということが知れたからでございましょう。それ故、早速刺客を遣わしたのでございます」

「屋敷を訪ねただけではないか。それに、疑いを抱いておるのは、うぬだけだ。一緒にするな」

「或いは、訪問した折、我らがなにか証拠を摑んだのではないかと疑ったのかもしれませぬな」

三郎兵衛の言葉に耳を傾けることもなく、稲生正武は嬉々として言葉を続ける。

「ともあれ、駒木根殿になにか後ろ暗いところがあるということは、これではっきりいたしました」

「うぬは底無しの阿呆だな、次左衛門」

三郎兵衛はしみじみと述べ、

「なんですと!」

稲生正武はさすがに色をなした。

「もし本当に、駒木根政方がなにか悪事を働いているとすれば、見舞いに来た我らを襲うなどという愚かな真似をするものか。失敗すれば、確実に疑われるのだぞ」

「…………」

「我らが邪魔で、本気で始末したいのであれば、一緒におるところなどは狙わぬ。……密かに、一人一人消そうとするわ。人目につき易い刺客など使わず、屋敷に間者《かんじゃ》を潜《もぐ》り込ませ、こっそり毒でも盛らせるなどしてな」

「…………」

情け容赦ない三郎兵衛の言葉に、稲生正武は容易く言葉を失った。

「貴様は、よくもまあ、その程度の浅い了見で、人に疑いをかけるものよのう。それで大目付とは片腹痛いわ」

「…………」

言葉を失ったきり一言も言い返せぬ稲生正武をさすがに見かねたのだろう。

「稲生様、お久しゅうございます。松波勘九郎でございます」

勘九郎がすかさず進み出て、稲生正武に挨拶をした。

「いつぞやは、お屋敷に匿うていただき、大変お世話になりました。……いまも祖父がお世話になっておりまする」

「勘九郎殿」

夜目がきかぬながらも、稲生正武は懸命に目を凝らして勘九郎を見た。仄《ほの》暗い闇の中でも、勘九郎の若々しい額《ひたい》は神々しいほどに輝いて見えた。

「祖父と一緒におられると、なにかと気苦労が多いかと存じますが、どうか、ご容赦くださいませ」

「いやいや、決してそのような……」

「そうだ。気苦労が絶えぬのは、どちらかと言えば儂のほうだぞ」

三郎兵衛は憤然としたが、稲生正武とのあいだに一旦萌《きざ》した険悪な空気がいつのまにか消えている。

「よいお孫様を持たれて、松波様はお幸せでございまするな」

しみじみと述べる稲生正武の目には、うっすらと滲むものすらあった。

（なにをぬかしやがる！）

瞬時に湧き起こった言葉を、だが三郎兵衛は間際で堪えた。柄にもない勘九郎の気遣いが、少しく嬉しかったにほかならない。

四

駒木根政方は、僅か一歳にして家督を継いだ。

当主が急死した際の常套手段で、名目上は幼児に家督を継がせ、親類縁者の中から適当な者を後見に選んで実務を任せる。

当主が幼児であるため職に就くことができず、収入といえば知行地からの農作物だけだ。それをやりくりするのが後見の務めだが、実際には、後見もまた、名目のみの存在である。

封地からの乏しい収入で実際に家計をやりくりするのは有能な家宰《かさい》にほかならなかった。後見人になるのは大抵一族の長老的存在の者——要するに、武士であるから、算盤《そろばん》勘定は得意ではない。日頃から家のやりくりを任された家宰が無能であれば、当主が成人する前に度重なる借金によって家は傾き、最悪の場合破産する。

その点、駒木根家は運が良かった。

十四歳で元服した政方はすぐに小普請組の職を得、その後、御小姓組、御使番《おつかいばん》、目付と順当に出世した。

宝永《ほうえい》三年、三十四の若さで長崎奉行に任じられたのは大抜擢といってよいが、若くして家督を継いだこととも無縁ではないだろう。出仕《しゅっし》が早ければ早いほど、出世もまた早まるのだ。

三郎兵衛の初出仕は宝永元年、彼が四十の歳である。

三郎兵衛が四十面《しじゅうづら》をさげて小納戸役《こなんどやく》などという卑役《ひやく》に甘んじていた頃、政方は華やかな遠国《おんごく》奉行の職にあった。

出世には皆目興味のなかった三郎兵衛でも、この差は些《いささ》か気になった。

駒木根家の先祖はそもそも上杉景勝《うえすぎかげかつ》に仕えており、徳川《とくがわ》家に仕えるようになったのは関ヶ原《せきがはら》以降のことだ。旗本とはいえ、謂わば外様《とざま》なのである。

(仕方なかろう。所詮儂は末期養子《まつごようし》の身の上だ。満一歳で家督を継いだ御方とはわけが違うわ)

決して妬《ねた》んでいるわけでも羨《うらや》んでいるわけでもないが、大目付として勤める年数も格段に違う駒木根政方に対して、少なからず引け目を感じていた。

(しかし老けていたのう。一歳で家督を継ぎ、人より早く元服し、十四の歳から城勤めをしていると、さぞや気苦労が多かったのであろうな)

屋敷に戻ってからも、三郎兵衛はそのことばかり考えていた。

そのため、桐野の話を聞きながらも、多少うわの空になる。

「御前《ごぜん》？」

「あ、ああ……なんだ？」

「抜け荷の件は兎も角、駒木根肥後守様について、さまざまな噂が囁かれていることは事実でございます」

桐野の言葉に、三郎兵衛はつと我に返る。

「どんな噂だ？」

「近頃……といっても、せいぜいひと月か半月くらいのことでしょうか。まるでお人が変わったようだ、と申す者がございます」

「どう変わったというのだ？」

「ひどく怒りっぽくなられて、些細なことでも、家族や使用人を激しく罵られるそうでございます。元々、物静かで穏やかな御方だったそうですが……」

「いまでも物静かで穏やかな御方ではないか。話し声も、蚊《か》が鳴いておるようだったわ」

三郎兵衛は少しく肩を竦《すく》める。

「所詮人の噂など、あてにならぬものよ」

「ところが、そうでもないのでございます」

桐野は、意外にも僅かに眉を顰めて言った。いつも無表情な桐野が、僅かながらも感情を滲ませること自体、とても珍しい。

「なんだ？」

三郎兵衛もまた、眉を顰めて問い返した。

桐野がそういう表情を見せるときは、最も警戒しなくてはならない。

「実は本日も、御前と稲生様が去られました後、『うぬらの態度が悪いから、お二人が夕餉も食べずに帰ってしまわれたのだ』と激昂されて、身のまわりのお世話をしていた小者を打擲《ちょうちゃく》なされました」

「なに、打擲？　あの、肥州殿がか？」

「はい。まこと、別人のようでありました」

「なんと……」

三郎兵衛は絶句した。

俄《にわか》には信じ難いことだが、桐野が嘘を吐《つ》くとは思えない。蓋し、真実なのであろう。

「あの肥州殿が？……まこととすれば、気の病でも患われておるのかもしれぬな」

「気の病、でございますか？」

「うん、歳のせいもあろうが――」

少しく首を傾げつつ三郎兵衛は言い、

「まだ襁褓《むつき》もとれぬ嬰児でありながら家督を継ぎ、年端もゆかぬうちからあの歳まで城勤めをなされた。……儂なら、耐えられぬ」

言いつつ、自ら納得した。

納得した後、再び首を傾げて言う。

「とはいえ、人が変わったように家人を激しく叱責したといっても、あくまで家の中でのことだ。何故それが、外に漏れている？」

「家人の誰かが言い触らさぬ限り、人に知られることはございませぬ」

「しかし、長年仕える家人が、主人の素行を外に漏らしたりするものか？」

「それは……」

三郎兵衛の言葉に、桐野もまた首を傾げつつ、口ごもる。

「或いは、たまたま屋敷に来ていた植木屋あたりがうっかり見聞きしてしまい、酒席の座興にでもぺらぺらと喋ったのかもしれぬ。それを聞いた者が、また別の者に喋ったとしたら、噂は忽ち広がろう」

「なるほど」

「また或いは、何者かが故意に噂を流しているとも考えられる」

「なんのためにでございます？」

「それこそ、儂がそちに訊きたいわ。……次左衛門は、何故肥州殿が抜け荷に加担していると思ったのか。それを次左衛門の耳に入れたのは誰なのか？」

「下野守《しもつけのかみ》様が肥後守様をお疑いになられるのは、肥後守様がかつて長崎奉行を勤めておられたからであると――」

「だが、肥州殿が長崎奉行の職にあったのは、三十年も前のことだぞ」

桐野の言葉を中途で遮り、三郎兵衛は主張した。

「これが、職を辞して数年後のことであれば、まだわかる。まだ顔見知りのカピタンもおれば、通詞や番所の者に口をきくこともできよう。だが、三十年も経てば、出島《でじま》におる者たちの顔ぶれもすっかり変わっている筈だ。気心の知れた者もおらぬのに、抜け荷の手助けなどできると思うか？」

「…………」

少しく考え込んでから、

「たとえ出島に伝手《つて》はなくとも、大目付としてなら…できるかもしれませぬ」

やや遠慮がちに桐野は言い、

「もしそれが事実であれば、今日儂らに見せたあの弱々しい姿も、儂らの目を欺《あざむ》くための擬態ということになる」

三郎兵衛もまた、自らの言葉を吟味するかのように目を閉じた。

「駒木根の屋敷には、既に次左衛門の配下がもぐり込んでいるのであろうな？」

目を閉じたままで三郎兵衛が問うたのは、しばし後のことである。

「はい」

桐野は頷いた。

「伊賀者か？」

「おそらく」

「以前そちは、次左衛門は、大目付になる以前から屋敷に伊賀者を飼うておったと申したな」

三郎兵衛はふと目を開けて桐野を見た。

「はい」

「次左衛門は、一体どのような伝手を用いて伊賀者を雇い入れたのだ？」

「さあ…それは……」

桐野が困惑の表情を見せたので、

「いや、ちょっと気になったのでな。……ならば、駒木根屋敷のことは次左衛門の手の者に任せるとして、とりあえず、先ほどの刺客が何処の誰の手の者なのか調べてくれ」

三郎兵衛は慌てて話題を変えた。

桐野がそういう表情を見せるときは、かなり本気で困惑しているのだ。しつこくして、それ以上困らせてはならない。

「畏《かしこ》まりました。……ただ、忍びのほうはやや手強く、うっかり殺してしまいましたので、少々ときがかかるかもしれませぬ」

「かまわん。さほど差し迫ってはいまい」

「………」

三郎兵衛が言い終えるや否や、桐野はその姿を彼の眼前から消した。

代わって、

「祖父さん、ちょっといいか？」

襖の外から勘九郎の声がする。

「なんだ？」

三郎兵衛がゆっくり問い返すのと、襖の開くのとが殆ど同じ刹那のことだった。

仕方なく、今度は孫の顔を見て、三郎兵衛はもう一度同じことを訊く。

「さっき、抜け荷がどうとか言ってたろ」

腰を下ろすなり勘九郎は話しはじめる。

「抜け荷をしてる大名の一人くらいは、わかるかもしれねぇよ」

「なんだと？」

「銀二兄たちが捕まえた文六って奴が、金の在処はさっぱり吐かないのに、妙なことを言い出したんだ」

「なに！　あの者、まだ当家の長屋におるのか？」

「そりゃ、いるよ。強面の兄貴が二人で見張ってるんだから、逃げられるわけないだろ」

「そろそろ解き放ってはどうだ」

「なんでだよ？」

「強面が二人がかりで脅しても、未だに吐かぬのであろう。ということは、そやつ、金のことは本当になにも知らぬのだ」

「そうかもな」

「なんだ？」

「これ以上責めて、死なれでもしたら、面倒ではないか。……これ以上、桐野に余計な世話をかけたくはない」

「…………」

「解き放たねば、一両日中にも町方に引き渡すが、それでもよいかと、銀二らに聞いておけ」

「ちょっと待ってくれよ。その文六が、最近抜け荷に関わったって言い出したんだ」

「文六とは、丁稚に扮してお店にもぐり込むのを得意とする盗っ人ではないのか」

「だって、九蔵親分の親父さんの下で働いてたんだろ。親分を裏切って、一家離散しちゃったんだから、盗っ人の仕事もそうそうないだろうよ」

「それで、金に困って、抜け荷の一味に加わったというのか？」

「抜け荷とは知らずに、昔の仲間から、割のいい仕事があるって誘われたらしいけど……沖に停まってる船から下ろした荷を、小船で河岸へ運ぶだけにしては、手間賃が矢鱈とよかったらしいよ」

「いかほどだ？」

「え？」

「その、荷運びの日当だ」

「さあ……」

「そもそもお前たちは、荷運びの仕事の相場を知るまい」

「……」

「知らぬくせに、何故そやつの申すことを鵜呑《うの》みにできるのだ？」

「じゃあ、いくらだったら、納得するんだよ？」

「そうよのう。……聞くところによると、大工、左官の手間賃が一日三百文から五百文だというから、その倍以上となれば、破格であろうな」

「どうして？」

「大工、左官は職人だ。それに、何年も修業をしてやっと一人前になる。荷運びの人足と同じ賃金のわけがなかろう」

「わかったよ。聞いてくるよ」

不満顔ながらも勘九郎は立ち上がり、そそくさと出て行こうとするので、

「町方に引き渡す件も、忘れずに言うのだぞ」

三郎兵衛はその背に向かって念を押すことを忘れなかった。

勘九郎の激しい舌打ちの音は、かなり離れたところからでもしっかり三郎兵衛の耳に届いた。

第二章　或る夜の出来事

一

稲生正武の朝は早い。

家督を継いだ二十代の頃まではそうでもなかったが、紀州藩主だった吉宗が将軍職を継ぎ、奉行職に抜擢されてからは、重職に対する責任感からか、睡眠時間が格段に短くなった。

早起きの習慣は既に二十年以上に及ぶ。

長年の習慣で、非番であろうがなかろうが、明《あけ》六ツ前には必ず目が覚めてしまう。前夜何時に休んだとしてもだ。

目覚めれば則《すなわ》ち床を出て、たらいを使う。口を嗽《すす》ぎ、髭《ひげ》を当たらせ、髪を整える。

しかる後、朝餉《あさげ》を食する。

食に対する拘《こだわ》りは殆《ほとん》どない。一汁三菜であればなによりだが、仮に一菜であっても、文句など言わない。

たまに、好物のふわふわ玉子が膳にのれば、それだけで至福を感じる。

だからといって、敢えて作れ、と家人に命じたりはしない。好物だということも伝えてはいない。本来質素で、奥ゆかしい人間なのだ。

朝餉を終えると、身形《みなり》を整える。

登城する日は裃《かみしも》を。しない日は、紋服《もんぷく》に袴《はかま》を着ける。

終日屋敷にとどまる日でも、だらしない平服姿で過ごすことはあり得ない。

その日も、いつもどおりの朝支度を終えた稲生正武は、非番であるため、自室で書《しょ》翰《かん》に目を通していた。

それも、十通二十通などというなまやさしい数ではない。

登城が続いてうっかり数日分たまってしまうと、未読の書翰で納戸《なんど》がいっぱいになってしまうことも屡々《しばしば》だった。

なにしろ、全国に遣わした隠密たちからの報告である。日に何通も送って寄越す者もいれば、数日分をまとめて長文で送ってくる者もいたりという個人差はあるが、稲生正武はそれらのすべてに目を通す。

昨年大目付の役に就いてから——いや、それ以前から、欠かさず行っている彼の日課だ。

隠密にもさまざまな者がいる。

武家出身の者もいれば、忍びの里で生まれ育った生粋《きっすい》の伊賀者もいる。拙《つたな》い文字しか書けぬ者も少なくないが、稲生正武はそれを厭わず、隅から隅まで目を通す。

日頃監視している人物の、常と違う異変を見つけたら、どんなに些細なことでも見逃さずに知らせろ、と命じられているから、それこそ、城主の厠《かわや》の回数がいつもより多かったとか、城主の愛妾の飼い猫が風邪をひいた、などということまで書き送ってくる。

(厠の回数が増えたのは、或いは常とは違うものを食したのかもしれぬ)

とか、

(飼い猫が風邪をひいたのは、外へ連れ出すか、水でも浴びさせたからではないのか)

などと推察する。

稲生正武は、たとえどんな些細なことであっても、もたらされた報せを疎《おろそ》かにはしなかった。

すべては、諸大名の、謀叛の萌《きざ》しを見逃さぬためにほかならない。

（まむし殿は夢にもご存知あるまいが、この仕事は、目安箱の比ではないぞ）

稲生正武は内心密かに自負している。

正直、目安箱の投書など、稲生正武にとって物の数ではなかった。

三郎兵衛の前では、面倒な仕事をさせられているようなそぶりを見せてきたが、自宅に届けられる、文字どおり山ほどの書翰に比べれば、全く可愛いものである。

三郎兵衛が、目安箱の匿名の投書を読み、いちいちひどい筆跡《て》だと大騒ぎするのを、

（ご自分では下々のことに通じているつもりでおられるが、存外育ちのよいお方よな）

内心冷ややかな目で見ているのだった。

もし三郎兵衛に知られれば、怒り心頭に発することは明らかだ。それ故稲生正武は常に三郎兵衛をたて、彼の言葉には極力逆らわぬように努めていた。

そんな稲生正武の人知れぬ努力を、三郎兵衛は微塵も知らない。

知らぬままでいい。

上様から直々のお声掛かりで大目付になったことで矢鱈《やたら》と張りきり、己だけが上様

いる。


と徳川家に忠義を尽くしているとでも言うように、やりたい放題の三郎兵衛は、稲生正武にとって理想の同輩と言えた。

　ときに暴走しがちな三郎兵衛の手綱をひくのが自分の役割だと、稲生正武は思っている。

（まあ、役に立っているあいだは、なにも言わんがな）

だが、どうせそれもそう長くは続くまい。若く見えるといっても、実際には古稀《こき》過ぎの老体なのだ。せいぜい、もって、あと二、三年のことだろう。

だが、自分は違う。

短くても五、六年。長ければ十年は大目付職を務める。そのあいだに、一人でも多くの危険大名を粛清する。

それが稲生正武の願いだった。

その結果、上様のおぼえがめでたくなり、出世できれば言うことはない。出世はあくまで目的を達した先にある結果なのである。

その点でも、三郎兵衛は彼を甚《はなは》だしく誤解している。

誤解されていることはわかっていたが、別にそれでいい、とも思っている。出世しか頭にない、不甲斐ない男と思いたければ思うがいい。三郎兵衛には、せいぜい張りきって矢面に立っていてほしい。

そのあいだに、稲生正武は裏で彼の為すべきことをする。

(ん？)

稲生正武の手がつと止まる。

(なんだ、これは？)

片っ端から書翰に目を通す稲生正武の思考が、不意に一瞬間停止した。

真っ白い懸紙《かけがみ》で綺麗に包まれ、その上下がきちんと折られているところを見ると、武家育ちの者の文であろうか。

だが、いざ懸紙を広げてみると、白紙が一枚入っていたきりで、紙面にはなにも書かれていない。

投書の主を俄《にわか》には特定できぬ目安箱と違い、屋敷に届く書翰はすべて、稲生正武の手の者によるものだ。用件の書かれていない白紙が送られてくるなど、あり得ない。

もしあり得るとすれば、

(この白紙の中にも、なにか隠された意味がある、ということだ)

稲生正武は思案した。

隠密には用心深い者が多い。もし万一、書状が敵の手に渡ったときのことを考え、白紙を装うことは屢々ある。

そこで稲生正武は、考えられる限りのことをした。

即ち、明かりに透かす。白紙の書面を水に浸す。火で炙《あぶ》る……等。

考えられる限りの方法を試してみたが、白紙は結局白紙のままだった。

(なんだ。慌て者が、うっかり白紙を送ってきおったか)

と思った途端、不意に胸が苦しくなり、目の前が真っ暗になった。

「うっ……」

脇息《きようそく》に体を預け、

「だ、誰か……」

だが言いかけたところで、完全に意識が途切れた。

常に隣室に控えている用人と人知れず警護している筈のお庭番に、果たしてその声が届いたかどうか。

少なくとも、常ならぬ感覚を有したお庭番や伊賀者は異変を察して駆けつけたが、そのときには既に、稲生正武の意識は失われている。

(毒…か?)

意識を失う寸前、稲生正武はぼんやりとそれを察した。

二

大川河口の佃島《つくだじま》近辺には、夜間でも船の往来が絶えない。

荷を積んだ荷船、土地の漁師が乗る漁船に混じって渡し船も往《ゆ》く。漁場が近いため、昼間であれば釣り船も多く浮かぶが、酔狂な夜釣りの船は、今夜は三郎兵衛らの小舟が一艘きりだった。

夜が深まるにつれて船の数は減り、悠々と好きな場所へ船を停め、好きなだけ釣ることができる。

「今宵は面白いように釣れるのう」

三郎兵衛は本気で釣りに興じていた。所謂《いわゆる》、入れ食い状態だ。

「おい、見てみろ、勘九郎、当分は魚に困らぬぞ」

もうじき、魚籠《びく》の口まで釣った魚でいっぱいになりそうなことを、三郎兵衛は無邪気に喜んだ。

「この季節、鯵《あじ》も鯖《さば》も脂がのって大層美味《うも》うござんすからね」

巧みに櫓《ろ》を操りながら、船尾の銀二までが暢気《のんき》なことを言う。

「楽しみじゃのう」

釣り針の尖《さき》に餌を付けながら三郎兵衛は言い、

「おい、お前も釣らんか、勘九郎」

傍《かたわ》らの勘九郎を顧みた。

「俺はいいよ」

だが勘九郎はさも面倒くさそうに首を振る。それどころではないらしく、通りかかる船に忙《せわ》しなく視線を投げていた。

「いくら目を凝《こ》らして見張っていたところで、必ず来るとは限らん」

「そうかもしれねえけど……」

「そもそも、本気で抜け荷を曝くのであれば、このようなところで張っているよりもっとよい方法があるのだ」

「どんな方法だよ？」

と、勘九郎は忽《たちま》ち目を輝かせる。

「沖の大船に直接乗り込んで動かぬ証拠を押さえ、刃向かう者共《ものども》を皆捕らえることだ」

「じゃあ、早速そうしようじゃねえかよ、祖父《じい》さん」

「たわけが」

いきり立つ勘九郎を、三郎兵衛は軽く窘《たしな》めた。

「乗り込んでみて、なにも証拠が出ぬときは、どうするのだ。大名家の船に乗り込んで狼藉を働いたとあっては、大目付とてただではすまん」

「なんだよ。だったらはじめから、そう言えよ」

勘九郎は再び不貞腐《ふてくさ》れた顔つきになる。

「だからこうして、怪しい船が通らぬか、張っておるのではないか。……いつ来るともわからぬものを待ち、終始気を張っておったのでは、身が保《も》たんと言っておるのだ」

「…………」

「そうですよ、若。それに、夜釣りに来て、全然釣りをしてなかったら、それこそ怪しまれるでしょう」

銀二からも言われると、勘九郎は仕方なく、形ばかり釣り糸を水中に垂れた。

「餌を付けねば魚は釣れぬぞ」

「うるせえなぁ、いちいち——」

口では反抗しながらも、勘九郎は餌を付け直して再び糸を垂れる。

「だいたい、怪しい船ってどんな船だよ」

「なんだ。そんなこともわからずに目の色変えて張っておったのか」

「…………」

「まず、家紋の入っておらぬ船だな」

「え？」

「大名の荷を運ぶ船には、目立つところに家紋を付ける。他家とのいざこざをふせぐためにな」

「そうなのか。てっきり、家紋を見せびらかすことで、てめえの家をひけらかしてるのかと思ったぜ」

「まあ、そういう側面も、なきにしもあらずだがな」

三郎兵衛は苦笑し、釣り竿を、一旦船縁《ふなべり》に立てかけた。さすがにそろそろ釣りにも厭きてきたのである。

抜け荷を手伝ったという文六の日当がいくらであったかを確認した結果、怪しさが確定した。

二日間荷下ろしを手伝って文六が得た報酬は、大工・左官の手間賃の三倍ほどもあった。抜け荷を疑う余地は充分であった。

「ほらみろ。やっぱり抜け荷じゃねえか」

勘九郎は嬉々として決めつけた。

三郎兵衛はさほど乗り気ではなかったが、勘九郎に引きずられるようにして舟に乗った。

しかし、いざ釣り場まで来ると、急にその気になって釣りを楽しみはじめた。

沖に停泊している大船のほうなど見向きもしないその態度に、勘九郎は忽ち憤慨した。

(さてはこの前のことを、まだ気にしてやがるのかな?)

勘九郎がふと思いかけたとき、

「…………」

三郎兵衛が全身に緊張を漲《みなぎ》らせ、身を低くした。

何者かが、そのとき不意に音もなく彼らの舟の舷《ふなばた》へ降り立ったのだ。勘九郎の手も無意識に刀の柄《つか》にかかる。

銀二は当然、櫓を持つ手を意識した。必要とあれば、即ち攻撃に転じるための準備である。

が、一瞬間気を研ぎ澄ませはしたものの、三郎兵衛の緊張は直ぐにほぐれた。

その風のような気配からは、殺気がまるで感じられなかったのだ。

「御前《ごぜん》」

まるで人の重みを感じさせぬ気配とともに現れ、舷に立ったのは、桐野であった。

「どこから来た？」

三郎兵衛は思わず問うていた。

これまでも、桐野が何処からともなく不意に目の前に現れることに対する疑問が全くなかったわけではない。

敢えて訊くべきではないと己に言い聞かせ、堪えてきたのだ。

だが、身を隠す場所のない水上で、降って湧いたとしか思えぬ出現のされ方をしたために、そのことに対する三郎兵衛の忍耐のたがも、容易《たやす》く外れた。

「そなた、一体何処から来たのだ？」

「御船蔵《おふなぐら》へ向かう薩摩《さつま》の船に乗せてもらいました。もとより、無断でございますが」

事も無げに、桐野は応じた。珍しく冗談を言ったようだが、本人はニコリともしない。

三郎兵衛はしばし啞然とした。

「…………」

「ついいましがたすれ違いました、あの船でございます」

「あの船か」

桐野が指し示した方向を確認しつつ、三郎兵衛は辛うじて頷《うなず》くが、

「一大事にございます」

次の瞬間、桐野は、全く桐野らしからぬことを言い出し、三郎兵衛を驚かせる。

「何事だ？」

桐野の様子に、三郎兵衛はただならぬものを感じ取った。

桐野の、この唐突な現れ方一つとってみても、それが尋常ならざる事態であること

は容易く想像できる。

「稲生下野守様が、御危篤《ごきとく》にございます」

「なに？　次左衛門が？」

三郎兵衛は忽ち絶句する。

「どういうことだ？」

「毒を盛られたようでございます」

「なんだと⁉」

「すぐに医師を呼びましたが、なにやら、南蛮渡来の珍しい毒であったらしく……医師も匙《さじ》を投げるしかなかったと……」

「死んだのか？」

「いえ、いまのところ、辛うじてお命はとりとめておられますが、深い眠りにつかれたまま、一向《いっこう》にお目を覚まされぬそうです」

　桐野の言葉つきはどこか曖昧で、要領を得なかった。

　或いは、桐野自身が動揺している証拠かもしれない。

　だが、本来動揺とは無縁の筈の桐野が動揺するとはどういうことだろう。それ故三郎兵衛は、動揺など軽く通り越して戦慄すらおぼえた。

「あれほど慎重な男が、何故毒を食らう羽目に陥《おちい》ったのだ？　毒味役はなにをしておった？」

「それが、書翰に毒が塗られていたそうでございます」

「書翰に？」

「はい。……下野守様には、書状を読まれる際、指を舐めるくせがおありでしたか？」

「ああ……そういえば、あったかもしれぬ」

三郎兵衛はぼんやり答え、暗い視線を水面に落とした。

「殺すときは刺客など使わず、屋敷に間者を潜り込ませ、こっそり毒でも盛らせるなどして殺すものだ」

数日前、稲生正武に対して述べた言葉が現実となってしまった。当然、

(あんなこと、言わねばよかった)

と後悔すれども、もう遅い。

「すぐに行ったほうがいいんじゃないか?」

「え?」

傍らから勘九郎が問いかける言葉に、三郎兵衛は乃《すなわ》ち我に返った。

「何処へ行くというのだ?」

「稲生のおじさんのとこに決まってんだろ。桐野がわざわざここまで知らせに来たってことは、そういうことだろ?」

「だが、儂が行ったとて、必ずしも次左衛門が助かるわけではあるまい。儂には医術の心得もなければ、毒のこともわからぬぞ」

「そんなの、どうでもいいんだよ。問題は、同じ大目付で、同じこと調べてた相役が毒盛られたってことだろ」

「…………」

「死にかけてるんだから、行ったほうがいいに決まってるだろ」

「そ、そうだろう…か？」

戸惑う三郎兵衛に、

「当たり前だろ。最悪の場合、どうするか考えなきゃならないし……」

「最悪の場合とは？」

「だから、それは……」

死んだ場合、とはさすがに言えず、勘九郎は気まずげに口ごもった。

「御前」

口ごもる勘九郎に代わって、桐野が一歩進み出る。

「いますぐ、下野守様のお屋敷に向かってくださいませ」

「わかった。行こう」

三郎兵衛は漸《ようや》く我に返り、深く頷いた。

ここでぐずぐず迷っていても仕方ない。

ところが——。

銀二が舟を岸に寄せ、陸《おか》へあがったところへ、

「卒爾《そつじ》ながら、何れの御家中の方々でござろうか？」

その行く手を阻もうとする者がある。

小者が手にした提灯《ちょうちん》に「火盗」の文字があり、三郎兵衛はもとより、勘九郎も銀二も思わずギョッとした。

「火盗の者か？」

だが、逆に落ち着いた声音で、三郎兵衛は問い返した。

「如何《いか》にも、火盗にござる」

問い返されて応じた相手は、仕立てのよさそうな袴を着けているので、おそらく与力だろう。年の頃は四十がらみ。平同心は無袴の着流しだ。

「火盗 改《あらため》 与力、尾久邑源之進《おくむらげんのしん》と申す」

名乗りはするが、頭は下げない。

背後に、部下と思われる無袴の同心を従えている手前、下手《したて》に出るわけにはいかないらしく、尾久邑源之進は殊更胸を反らすと、

「ちと伺いたいことがござる故、役所までご同道いただけますか？」

いやに重々しい口調で言う。

「悪いが先を急ぐ故、断る」

にべもなく答えながら、三郎兵衛はさり気なく火盗の頭数を数えた。

尾久邑源之進と三人の同心、提灯持ちの小者が一人の、総勢五人である。火盗の手の者である以上、小者も戦力の一人として考えるべきだろう。

「この夜分、斯様《かよう》に先を急がれ、何処へまいられる？」

「答える義理はないな」

面倒くさそうに言いながら、三郎兵衛は自ら歩を踏み出そうとした。

「お待ちあれ！」

その行く手を、尾久邑源之進は当然阻もうとする。

「慮外《りよがい》な」

三郎兵衛は不快を露わにした。

「それはこちらの科白《せりふ》でござる」

尾久邑源之進も同様に顔を顰《しか》めた。

「儂は、直参旗本松波家の当主・三郎兵衛正春《まさはる》。文句があるなら、明日改めて当家へまいるがよい」

三郎兵衛は仕方なく名乗った。

己の立場や身分にものを言わせて相手を黙らせるようなやり方を、本来三郎兵衛は好まない。緊急のとき故、仕方なくしたことだ。

だが。

「旗本の松波様といえば、いまの大目付ではないか。はっはっはっ……こいつは大きく出たな」

三郎兵衛の言葉を聞いた途端、尾久邑源之進は畏《おそ》れ入るどころか、逆に態度を豹変させた。

「先ほど、お頭《かしら》の役宅のほうに投げ文があったのだ。怪しい小舟が佃島のまわりをうろついている、釣り船を装った強盗に違いない、とな」

「なんだと!」

「賊め、神妙にお縄につけい!」

「正気か、貴様」

「なんだと!」

「何処の誰が書いたとも知れぬたれ込みの投げ文などを真に受けて、のこのこ出向いて来るとは、とんだお笑い種《ぐさ》だ」

「貴様ーッ、火盗改を愚弄するかッ」

やや肥り気味の尾久邑源之進は、大声を張りあげつつ大きく身を捩《よじ》った。刀の柄に手を掛けるためだった。

「推参なり、不浄役人ッ」

三郎兵衛も、同じく声を張りあげた。

三郎兵衛の怒号は、鬼神をも戦《おのの》かせる。

「覚悟せいッ」

当然、尾久邑源之進を少しく戦かせ、同時に勘九郎らに対する合図ともなった。

声を張りあげるなり、三郎兵衛は強引に歩を進め、尾久邑源之進の土手っ腹に大刀の柄頭《つかがしら》をぶち込んだ。

「んぎょッ」

予期せぬ攻撃に目を白黒させながら尾久邑源之進は悶絶し、容易く背後の柳の幹まで吹っ飛んだ。

尾久邑源之進が吹っ飛んだと同じ瞬間、勘九郎は同心の一人に飛び掛かって昏倒させ、銀二は提灯持ちの小者の首を絞めて提灯を奪い、桐野は二人の同心に、ほぼ同時に当て身をくれている。

一瞬のズレもない、見事に息の合った攻撃であった。

「殺しておらぬだろうな？」

三郎兵衛が各人に念を押し、返事を待たず小走りに駆け出したとき、彼らの背後でかん高く呼子《よびこ》が鳴った。

三郎兵衛が軽く吹っ飛ばした尾久邑源之進の仕業《しわざ》であった。他の者は完全に意識を失っていたからである。

「なんでちゃんと気絶させとかねえんだよ、ジジイッ」

「火盗も呼子を使うとは思わなんだ」

勘九郎から頭ごなしに罵られた三郎兵衛は当惑するが、強く言い返せなかったのは己の落ち度を認めるが故だろう。

「捕り方だったら誰でも使うだろうがよ」

勘九郎は激しく舌を打ったが、捕り方から逃れた経験のある彼の足は無意識に速まった。

近くに見廻りの者がいれば、忽ち呼子に吸い寄せられて来る。いまにも行く手を阻む者が現れぬとも限らないのだ。

「どうする?」

走りながら、勘九郎が桐野に問いかけた。

「二手に分かれましょう。若と銀二殿は日本橋《にほんばし》方面から最短の道を辿ってお屋敷へお戻りください。私と御前は一旦築地《つきじ》方面へ逃れ、人目を避けつつ、下野守様のお屋敷を目指します」

桐野が口早に告げて目顔で三郎兵衛を促すと、

「俺たちも稲生のおじさんの屋敷へ行くよ」

勘九郎がすかさず言い返した。

「では、のちほど――」

押し問答が面倒だったのか、桐野はあっさり受け入れ、分かれ道を迷わず左のほうへ折れる。

「おい、待て――」

慌ててそのあとを追ってから、

「ちょっと、よいか、桐野？」

やや遠慮がちに、三郎兵衛は問いかけた。

いまはなにより捕り方から逃れることを最優先し、勘九郎の言葉を黙殺した桐野を煩《わずら》わせたくはないが、どうしても訊いておきたいことがある。

「なんでしょう？」

「銀二と勘九郎を一緒に行かせたのはわかるが、お前は儂にかまわず、ここから一人になったほうが身軽に動けるのではないのか？」

「…………」

一瞬間三郎兵衛を顧みたものの、桐野は無言で首を振った。

三郎兵衛を見る桐野の目にはなんの感情もこめられてはいない。三郎兵衛は、その一瞥《いちべつ》からすべてを覚らねばならなかった。

いまは兎に角この場を逃れ、一刻も早く稲生正武の屋敷に駆けつけようという、桐野の懸命な思いは、三郎兵衛の口を容易に塞《ふさ》いだ。

淡い月明かりが、走る桐野の足下に長く影を曳いていた。

息をしていないのではないかと疑うほど静かな呼吸でありながら、疾風の如く速く進む。

三郎兵衛に合わせて少しは速度を落としているのか、それとも全力なのか、三郎兵衛にははかりかねた。はかりかねてはいたが、楽について行けているということは、或いは、弛《ゆる》めてくれているのかもしれない。

桐野は巧みに捕り方と遭遇しない道を選んだ。

遠くでは呼子が、すぐ近くからは複数の足音が聞こえてきて、そのたび三郎兵衛は肝《きも》を冷やしたが、呼子にも足音にも、不思議と追い着かれることはない。

当然、辻を折れた途端、突然捕り方と出会《でくわ》すこともなかった。

（こやつ、まさか、町方と火盗改の見廻りの道筋と時刻をすべて把握しておるのではあるまいな？）

三郎兵衛は本気でそれを疑ったが、よく考えてみれば、たとえそうであったとしても不思議はなかった。

日頃から、隠密として人に見咎められぬように行動するためには、それくらい、己を取り巻く状況を熟知していなければいけない。そんな桐野が三郎兵衛を伴ったのは、たんに彼を警護するためではなかったことを、三郎兵衛はほどなく知った。

三郎兵衛の身を護ると同時に、彼を極力人目に触れさせぬようにする。

桐野の真の狙いはそこにあった。

実際に捕り方と出会すことなど恐くはない。三郎兵衛であれば、殺さずに相手を戦闘不能にすることくらい、十分可能だからだ。

だが、それでは意味がない。三郎兵衛と出会した捕り方たちが、三郎兵衛の存在を記憶してしまうからである。記憶されては、後々面倒なことになる。

それ故、三郎兵衛の姿を誰の目にも触れさせぬことこそが肝要だった。

何故なら、それこそが、火盗改に密告した者の狙いだからにほかならない。

密告者は、火盗改が三郎兵衛を詰問し、その身柄を拘束することを本気で願っていたわけではない。

たとえ一時拘束させ、足止めできたとしても、何《いず》れ真相は明らかとなる。最短であれば、今夜じゅうにも無罪放免だろう。

そのときは、火盗改の長官が三郎兵衛に平身低頭することになる。或いは、彼は責任を取らされ、切腹とまではゆかずとも、更迭くらいあり得るかもしれないが、それも密告者の目的ではないだろう。

要するに、密告者の狙いは三郎兵衛の命だ。

本気で三郎兵衛の命を狙うとすれば、火盗改のような組織に拘束されることは望ましくないのだ。

それ故、密告の真の狙いが、三郎兵衛を逃亡者にすることにあるのはすぐに知れた。追っ手から逃れねばならない逃亡者となれば、行動や逃走経路が制限されるからだ。行動が制限されれば、それだけ次の行動を予測することが容易くなる。そうなれば、刺客が彼を狙うことも、より容易くなる。

最終的には、人目につかず、捕り方も足を向けぬ死角のような場所で待ち伏せすればよい。

（そろそろだろう）

と桐野が予期していたとおり、外堀にさしかかったところで、ジワジワと包囲を狭めて迫りつつある気配を察した。

「桐野」

三郎兵衛が低く桐野を呼んだ。

確認のためにほかならなかった。

「よろしゅうございます」

未だ声に出していない三郎兵衛の問いに、桐野は応えた。もとより、

「この者たちには忖度《そんたく》せずともよろしゅうございます」

という意味だった。

「本当に、よいのだな？」

三郎兵衛は執拗なほどに念を押した。

そんな三郎兵衛の懸念は桐野にも手にとるように理解できる。

「ご懸念にはおよびませせぬ」

端《は》正な口の端に薄く笑みすら滲ませて桐野は言った。

「金で雇われたこのような者たち、たとえ生かして捕らえたとて、何処の誰の手の者かなど、わかるものではございませぬ」

言いざま身を翻《ひるがえ》したときには、抜く手も見せず手中に構えた忍び刀で、背後に迫った黒装束の者の急所をピタリと突いている。

喉《のど》を突かれた男は声をあげることもなく、その場に頽《くずお》れる。

ときを同じくして、掘割の中から、次々と黒装束の者が現れる。

三郎兵衛もまた、既に刀を構えていた。

次の刹那、黒い影のような者たちが複数殺到する——。

(え?)

桐野は束の間驚いた。

黒装束の者たちは、巧みな身ごなしで桐野を避け、揃って三郎兵衛一人に殺到したのだ。

ざっと数えただけでも総勢六名が、一斉に、三郎兵衛をめがけて襲いかかる。間髪《かんはつ》を容《い》れずに、だ。

(しまった! こやつら、柳生《やぎゆう》か?!)

桐野が慌てたときには、六人の——即ち六つの切っ尖が、ときを同じくして三郎兵衛を貫く――。

「御前ッ！」

桐野が思わず口走った、その刹那、

「しゃーあッ」

高く跳躍した三郎兵衛は、鋭い気合を発していた。

と同時に、その切っ尖は空を薙ぎ、六人のうち三人を、確実に斃《たお》している。

（なんと……）

さしもの桐野も呆気にとられた。

そのときの三郎兵衛の身ごなしは、桐野の目にもひときわ水際立《みずぎわだ》ったものだった。

（このお方は、まこと鬼神か）

加勢することも忘れ、三郎兵衛が六人すべてを片付け終えるまで、ぼんやり見蕩《みと》れてしまっていた。

三

「遅いなぁ」

勘九郎は既に何度か呟いている同じ言葉を、また無意識に口走っていた。

勘九郎と銀二の二人が稲生正武の屋敷の門前に到着したとき、当然三郎兵衛と桐野の姿はそこにはなかった。

「まあ、あっちはかなり遠回りしてるだろうからな。しょうがねえな」

「そういうことですね」

銀二も同意した。

掘割に沿って日本橋界隈を通り抜けるのがお城への最短の道だ。彼らの目的地はお城ではないが、五千石以上の旗本屋敷はだいたいお城の近くにある。

稲生正武の屋敷も、表猿楽町《おもてさるがくちょう》は御用屋敷の側《そば》にあった。神田橋《かんだばし》御門近くの松波家ともそう離れてはいない。

「どうする、銀二兄《にい》？ 稲生のおじさん、死にかけてるらしいし、とりあえず、俺たちだけで先に中に入ってみるか？」

「いや、それはやめたほうがいいでしょう」

銀二は即座に反対した。

「どうして？」

「稲生様は、御前のご同輩。若が勝手に入り込むのは筋違いです」

「でも、満更知らない間柄でもないのに。……いつぞやは、下館《しもだて》の殿様と一緒に、この離れに匿《かくま》われてたこともあるんだぜ。用人の井坂《いさか》とは顔見知りだし……」

「だからって、用もねえのに、他人様《ひとさま》のお屋敷に勝手に入るわけにはいかねえでしょう。見つかれば、曲者《くせもの》扱いされますぜ」

「そうかなぁ？」

「そうですよ。御前がいなけりゃ……」

若なんて、ただの青二才ですよ、という言葉を、銀二は辛うじて呑み込んだが、

「ん？　祖父さんがいなけりゃ、なに？」

勘九郎は耳聡く聞き逃さなかった。

「どうせ、祖父さんがいなけりゃ、俺なんて、ただの青二才だって言いてえんだろ」

「そんなこたあ、言ってませんよ」

内心の動揺をひた隠し、極力無表情に銀二は言い返した。

「それにしても、御前たちは遅いですねぇ」

そして、明らかに話題を変えた。

「まさか、火盗改に捕まっちまったんじゃねえだろうな？」

「まさか、桐野殿がついておられるのに、それはねえでしょう」

勘九郎が容易くのってきたことを内心歓びつつ、銀二は言い返す。

「そうだよな。桐野がついてるんだから、まさか、火盗なんぞにとっ捕まるわきゃねえよな」

己に言い聞かせるように繰り返してから、

「だったら、やっぱり祖父さんたちは遅れてるんだろ。なら、俺たちが先に入って、井坂にでも様子を聞いたほうがよくないか？」

勘九郎もまた、再び同じ話題を蒸し返す。

勘九郎が中に入りたがるのは、季節柄、外で待つのが些《いささ》か寒くなったためだろう。その気持ちは銀二にもよくわかる。

「井坂殿は、お屋敷住まいなんですかい？」

「え？」

「たまたま非番でお屋敷にいなかったら、どうするんです？」

「………」

勘九郎が返す言葉を失ったのは、銀二の狙いどおりであった。井坂は、用人の中でもおそらく筆頭くらいの身分であろう。小者や中間《ちゅうげん》の住まう長屋に住み込むとは思えない。とすれば、当然非番の日には自宅に戻っている筈だ。

「まあ、あのお二人のことですから、待ってりゃ必ず来てくれますよ」

勘九郎を黙らせておいて、とってつけたように銀二は言った。

「ああ」

「もう少し、待ってみましょうよ」

「そうだな」

銀二に宥《なだ》められた勘九郎が納得し、辻行灯《つじあんどん》に凭《もた》れて待つこと、四半時《しはんとき》――。

「それにしても、遅すぎないか？」

勘九郎が思わず口走ってしまったところへ、

「待たせたな」

漸く三郎兵衛が姿を見せた。

さほど息を切らした様子はないが、月明かりに映るその顔は少しく疲労しているように見えた。

「遅かったじゃないか」

「どうした、勘九郎？」

「え？」

「顔色が悪いぞ。さてはここまで来る途中で、なにかあったか？」

充分疲弊している筈の祖父から逆に問われて、

「なにかあったのは、祖父さんのほうだろうがよ」

ややや呆れ気味に勘九郎は言い返した。

「俺の顔色が悪いのは、待ちくたびれて冷えちまったからだよ」

「それは悪かったのう」

「で、どうするよ？」

「ん？」

「どうやって中に入るんだよ？」

「どうやってというて……門から入るしかなかろう。我らは盗賊ではないのだからな」

「この時刻に、門を叩くのかよ？」

と勘九郎から指摘され、三郎兵衛ははじめて、いまが何時くらいなのかを慮《おもんぱか》った。

夜釣りに出たのは五ツ過ぎだったが、火盗との悶着から、ここへ至るまでに優にふた時は費やしている。そろそろ子《ね》の刻を過ぎていても不思議はなかった。

「ならば、どうする？」

困惑気味に三郎兵衛は問い、

「勝手口のほうに抜け道があったから、そこから入れば誰にも迷惑かけずにすむんじゃないか」

涼しい顔で勘九郎が答えた。

「抜け道だと？」

だが三郎兵衛は忽ち厳しく眉を顰める。

「人の家の抜け道など勝手に使えるか。それこそ、盗っ人の所業だ」

「じゃあ、どうするんだよ？　まさか朝までここで待つ気じゃねえだろうな？　それじゃあ、折角火盗を振り切ってここまで来た意味がねえだろうが」

「私が見てまいります」

「え？」

三郎兵衛と勘九郎は異口同音に驚き、桐野を顧みた。

「下野守様の様子を確かめた上で、井坂殿に、脇門を開けるよう頼んでまいります」

「あ、ああ、それがよいな」

「けど、井坂がいなかったら？」

「主人が生きるか死ぬかというときに、用人が屋敷におらぬなどということがあるか、たわけめ」

「え？」

「それに、井坂は多少医術の心得があるのだ。主人の枕元に控えておるにきまっていよう」

「……………」

勘九郎は無意識に銀二を顧みたが、銀二はとっくにその場を離れていた。

三郎兵衛と桐野が来たとき、勘九郎の注意が逸《そ》れたその隙に一人で忍び入ったに違いない。

銀二が勘九郎を足止めしたのは、実はこのためだった。

武家屋敷への侵入は素人には荷が重い。銀二が一人で入ると言えば、勘九郎は自分も抜け道を使って入ると言い出すに決まっていた。

だが、稲生正武の屋敷にはお庭番も伊賀者もいる。彼らの全員が勘九郎の顔を見知っているとは限らない。勘九郎に下手《へた》に動きまわられて、警護の者の目についたりしたら、面倒なことになる。

それらのことを漸く理解した勘九郎は、

（畜生。俺を足手纏《あしでまと》い扱いしやがって……）

心中密かに、激しく歯噛みした。

もとより、勘九郎の心中など知る由もなく、

「こんなことなら、はじめから、二人を行かせればよかったのう」

三郎兵衛は低く呟く。

「そもそも、次左衛門の意識が戻らねば、儂が駆けつけたところでどうにもならぬのだしな」

「…………」

「お前はもう帰ったらどうだ？」

三郎兵衛はふと、勘九郎に向かって言う。

「なんでだよ」

「なんでと言うて、寒いのであろう？」

「…………」

「風邪でもひいたら、つまらぬではないか」

「風邪なんぞ、ひかねえよ」

「お前は、子供の頃には体が弱く、よく熱を出したのだ」

「いまはそんなにひ弱じゃねえよ」

「わからぬわ。人間、子供の頃の癖や体質など、そうそう治るものではないぞ」

「そうかもしれねえけど……」

「そもそも、お前がいたところでどうにもなるまい」

「冷てえこと言うなよ。俺が、稲生のおじさんの心配をしちゃいけねえのかよ」

「心配したからといって、どうにもならぬ」

「俺だって、心配したからどうにかなるとは思っちゃいねえよ」

「次左衛門のことがそれほど心配なのか？」

「そりゃそうだろ」

勘九郎は少しく憤慨した。

「祖父さんだって、心配なもんだから、あんなに強引に火盗を振り切って来たんだろ」

「そうかな？」

三郎兵衛は小首を傾げて考え込んだ。

(別に、あやつが生きようが死のうが、儂の知ったことではないぞ)

口には出さぬが心中密かに舌を出す。

しかる後、三郎兵衛はふと顔つきを変えた。なにかを思い出した様子だった。

「そうだ。火盗め。明日にでも、厳しく抗議しておかねばならんな」

「抗議？」

「ああ、あの与力、名はなんといったかな？　確か、尾久邑某……あやつを屋敷に呼びつけ、謝罪させねばな」

「そんな大袈裟な」

「大袈裟ではない。天下の直参を強盗扱いするなど、言語道断だ」

「悪いのは、たれ込みなんかしやがった野郎だろ。火盗の与力は真面目に仕事しただけじゃないか」

「だからこそ、だ」

「え？」

「あんな形で火盗を振り切って逃げたのだぞ。儂らは完全に賊だと思われておる」

「まあ、そうだよな」

勘九郎は仕方なく同意する。

「直ちに、厳しく抗議せねば、松波正春を名乗る不逞《ふてい》の輩《やから》が、江戸市中に跳梁跋扈《ちょうりょうばっこ》し、たれ込みどおりの悪さを働いていると思われてしまうであろうが」

憤然として三郎兵衛は言い、

「それ故、儂が本物の松波正春と証明するため、屋敷に呼びつけるのだ。わかったか」

言い終えると、口許《くちもと》を弛めてニヤリと破顔《わら》った。祖父の満足顔を半ばあきれる思いで見つめながら、

(それじゃあ、祖父さんが本物の松波正春だと証明はできても、松波正春が江戸の何処かで悪さをしてねえって証明にはならねえよ。……火盗に狼藉働いたのも事実だしな)

口には出さずに、勘九郎は思った。

激怒した大目付に呼びつけられたとなれば、相手はすっ飛んできて平身低頭するかもしれないが、それはあくまで大目付の権威に対する平伏に過ぎない。

それがわからぬ祖父ではない筈だが、一体どうしてしまったのだろう。

(平気そうな顔してるけど、やっぱり相当動揺してるんだろうな)

勘九郎は、祖父の内心をそのように慮った。

追及すれば一層動揺し、心にもないことを言い出すに違いないから、なにも言わなかったが。

四

稲生正武は、奇跡的に意識を取り戻した。

桐野がそれを確認するまでに半刻ほどを要してしまい、結局三郎兵衛が稲生正武を見舞うのはその翌朝のことになった。

「これは、松波様、わざわざお越しいただけるとは、恐縮でございます」

稲生正武は、血の気のない蒼白の顔に痛々しいほどの愛想笑いを浮かべて言った。

「よいから、寝ておれ」

慌てて床から身を起こそうとする稲生正武の肩を押さえて強引に床の上に戻しつつ、

「あまり肝を冷やさせるな」

三郎兵衛はしみじみと言った。

「申し訳ございませぬ」

「しかし、日頃用心深いそなたが迂闊《うかつ》に毒を口にするとは意外じゃな」

「…………」

稲生正武は答えず、あらぬ方向に顔を背《そむ》ける。

三郎兵衛の指摘に己を恥じているようにも見えるし、なにか心当たりはあるがそれを口にするのが憚《はばか》られている、といった風情にも見えた。

「お前、下手人《げしゅにん》に心当たりがあるのか？」

試しに問うてみると、

「ま、まさか。……そ、それがしには、毒を盛られる心当たりなど、あるはずがございませぬ」

稲生正武はわかり易く動揺した。

「書状に毒が塗られていたそうだが、無意識に紙面を舐めるお前の癖を知らねば、そんな芸当ができよう筈もないではないか」

「…………」

「犯人は、お前のよく知る人物なのではないのか？」

「それは……」

「どうなのだ、次左衛門？」

「わかり…ませぬ」

「わからぬことはないだろう。現にうぬは、そうやって、考え込んでおる」

「…………」

「誰だ？　誰がうぬに毒を送りつけた？」

「しかし、そんなことはあり得ないのでございます」

「なに？」

「絶対に、あり得ないのでございます」

身を横たえたままで、稲生正武は強く首を振る。

「何故あり得ないのだ？」

「その者は、既にこの世にないからでございます」

「なんだと？」

「…………」

だが稲生正武はそれ以上語ろうとせず、頭から布団を被《かぶ》ってしまう。布団を摑んだ細い両手首が僅かに震えていた。

（これはただ事ではないな）

三郎兵衛は確信した。

三郎兵衛は、稲生正武本人が思うほど、彼を見くびってはいない。

出世欲をはじめ、さまざまな欲の塊で、己の欲を満たすためなら、平然と他人の足を引っ張り、陥《おとしい》れようとする佞人《ねいじん》なのは間違いない。

だが、それだけではないからこそ、紀州から伴った腹心ではないにも拘《かか》わらず、吉宗は将軍職就任以来、彼を重用してきたのだ。

稲生正武については、三郎兵衛にもはっきりとわかっていることが、少なくとも二つある。

一つは、幕臣の中でも五本の指に入る能吏であること。もう一つは、彼の徳川家に対する忠誠心が紛れもなく本物だということだ。

三郎兵衛とて、それを疑ったことはない。

即ち、それ相応の覚悟はできた男なのである。

その稲生正武が、これほど激しく動揺しているのは、余程の事態に相違ない。

(だが、いまは本人の口から聞き出すのは無理そうだな)

と思いつつ、

「本日は、取るものもとりあえず駆けつけたため、なにも見舞いの品を持参できなんだが、明日はなにか、お前の好物でも持って来よう」

殊更《ことさら》朗らかな口調で告げた。

稲生正武の震えがつと止まる。

「とはいえ、よくよく考えたら、儂はお前の好物を知らぬ。なにが好物だ?」

「………」

「のう、好物はなんだ、次左衛門？」

口調こそ優しげではあるものの、三郎兵衛の声はすぐ耳許に響く心地がして、答えぬときは荒々しく布団を剝ぎ取られるのではないかと錯覚した。

それ故、意を決して稲生正武は答える。

「た…玉子の……」

「玉子の？」

「玉子のふわふわと……こぶあぶらげでございます」

答えて、稲生正武は恐る恐る布団から少しだけ顔を覗かせた。

「それだけか？」

ひどく真剣な顔つきで、三郎兵衛が覗き込んでいる。

「鰻《うなぎ》や牡蠣《かき》は好まぬのか？……これからの季節、鰤《ぶり》も旬じゃぞ」

「き…嫌いではありませぬ」

「では、鰻を食え。滋養があるから、すぐに元気になる。玉子や油揚げにも滋養はあろうが、鰻には及ばぬ」

「は…はい。歓んでいただきます」

「よしよし、明日また来るからな」

言いおいて、三郎兵衛はそのまま腰を上げた。

「松波様」

「ん？」

「ありがとうございます」

と恭《うやうや》しく述べたが、本当は来ないでほしかった。だが、

「来ないでくだされ！」

という本音は、口が裂けても言えなかった。

言えぬまま、稲生正武は黙って三郎兵衛の背中を見送った。


正武の寝室を出て出口に向かう途中、用人の井坂と出会した。

否、出会したといっては語弊がある。

井坂は、三郎兵衛が足早に去ろうとする廊下の隅に座り込んでいたのだ。どう見ても、井坂は三郎兵衛を待っていた。

「松波様」

「久しいのう、井坂」

平伏する井坂を見向きもせずに三郎兵衛は言った。何度か顔を合わせている筈だが、実は井坂の顔など、それほどはっきり見覚えてはいないのだ。

「いつぞやは、勘九郎が世話になったな」

「畏れ入ります」

井坂は一層畏《かしこ》まる。

三郎兵衛は焦れた。

井坂の、何事にも勿体をつける癖は主人の正武も持て余していることなど、三郎兵衛は知らない。持て余しながらも珍重していることなど、もっと知らない。

だから、単刀直入に問うた。

「儂に、なんぞ話があるのか？」

「はい」

至極遠慮がちながらも、強い語調で井坂は答えた。

「聞いていただけますでしょうか？」

「聞こう」

あっさり言って、三郎兵衛は再び歩を進めた。三郎兵衛にしてみれば、ここからゆっくり歩を進め、門を出るまでに聞き終える程度の話くらいに考えていた。

三郎兵衛の意図がわかり、井坂はすぐに立ち上がって三郎兵衛のあとを追う。

だが、三郎兵衛の歩がまだろくに進まず、当然井坂の話もはじまっていないというのに、

「ぎゃあああーッ」

唐突な絶叫が、屋敷の静寂をうち破った。

「なんだ？」

三郎兵衛が戸惑ううちにも、

「うわぁーあッ」

第二の悲鳴が、玄関口まで続く長い廊下を響き渡る。

「次左衛門？」

三郎兵衛は訝《いぶか》り、いま出て来たばかりの稲生正武の寝間を顧みた。

「た、助けてくれぇーッ」

その声音は、稲生正武のものに相違なかった。

「助けてくれッ」

助けを求められた以上、放っておける三郎兵衛ではない。直ちに身を翻した。

「ゆ、赦《ゆる》してくれ、常陸介《ひたちのすけ》」

（常陸介？）

訝りつつも、三郎兵衛は無意識に後戻りし、いま出て来たばかりの部屋の襖《ふすま》を開けていた。

「どうした、次左衛門？」

「………」

布団の上に半身を起こした稲生正武が、蒼白の顔で恐怖にうち震えている。

三郎兵衛の姿も全く目に入らぬらしい様子が、なにかに取り憑かれたようにも見える。

「おい、次左衛門」

三郎兵衛は呼びかけた。

「どうした？　なんぞ悪い夢でもみたのか？」

「違う、違うのだ、常陸介……」

「しっかりせい、次左衛門ッ」

が、いくら呼びかけても、稲生正武はあらぬ方向を見上げ、虚空の一点を見つめたきりだ。

「赦してくれ……赦してくれ、常陸介」

「おい、しっかりしろ、次左衛門」

見かねた三郎兵衛は、なにか目に見えぬものに体を乗っ取られたかのような稲生正武に近寄ると、その胸倉を摑んで激しく身を揺すった。

「うわぁーッ！　や、やめてくれ！　儂をどうするつもりだ、常陸介！」

すると忽ち、稲生正武は脅えた声で叫び出す。

「儂だ、次左衛門。儂がわからんのか？」

「やめてくれぇ、常陸介ッ。赦してくれーッ」

「ええい、しっかりせんかッ」

三郎兵衛は思わずその震える頰に平手打ちをくれた。

ぱぁーんッ、
と豆が弾けるような音を立てて、稲生正武の頰が鳴る。

「痛ッ！」

稲生正武は頰を押さえて泣きそうな声を出した。

「やめてくれ、常陸介」

それでもまだ、その目に映るのは、常陸介という人物だけであるらしい。

「うぬぬ、まだ正気に戻らぬか」

三郎兵衛は更に強く胸倉を摑んで激しく揺すり、揺すっては平手打ちを何度か繰り返した。

蒼白だった稲生正武の頰は、打たれすぎて忽ち真っ赤に腫れあがる。

「ううぅ……」

稲生正武の意識が混濁し、混濁したことで、漸く目の前にいる三郎兵衛の存在を認めたらしい。

「松波様？」

「おう、やっと正気に戻ったか、次左衛門」

「正気…とは？」

「こっちが聞きたいわ。常陸介とは誰だ？」

「え？」

稲生正武の目に再び淡い怖れが滲む。

「何故松波様がその名を？」

「何故と言うて、たったいま、貴様が口走っていたではないか」

「それがしが？」

「ああ、貴様が何度も口走っておったのだ」

「…………」

稲生正武は無愛想に口を閉ざすと、三郎兵衛から顔を背けた。

「どうした、次左衛門？」

「お帰りいただけますか、松波様」

「なに？」

三郎兵衛は耳を疑った。

日頃の稲生正武とは別人の如く無礼な言い草である。少なくとも、わざわざ見舞いに来てやった目上の者に対して口にすべき言葉ではない。

「おい、次左衛門——」

「申し訳ございませぬが、お帰りいただけませぬか、松波様。……それがしは、少し、疲れもうした」

今度はやや丁寧な口調で言い直すが、無礼であることに変わりはない。

「次左衛門、貴様——」

思わず憤慨しかけて、だが三郎兵衛は辛うじて堪えた。

相手は病人である。それも、つい最近、生死の境をさ迷ったばかりの——。

(死にかけの者を相手に、大人げないぞ)

自らに言い聞かせ、どうにか怒りを鎮めると、

「わかった」

ものわかりよく、短く答えた。

「明日、また参る」

そしてゆっくりと稲生正武の褥《しとね》の側を離れる際、足下に控える井坂を一瞥した。

「どうかお許しくださいませ」

口には出さぬが、三郎兵衛を仰ぎ見る瞳《め》は、全身全霊でもって、赦しを請うていた。

主人のために必死に懇願するその真摯《しんし》な姿を見ると、三郎兵衛の足は無意識に早まるのだった。

第三章　帰ってきた男

一

その男の名は、常陸介といった。

もとより正式な官職などではなく、通称である。武家の出ではないため、姓はもたず、ただ「常陸介」とのみ呼び慣わされていた。否、武家の出でないのかどうか、本当のところはわからないが。

稲生正武の記憶に間違いがなければ、常陸介はかなり幼い頃から常に彼の側《そば》にいた。

齢《とし》は、稲生正武と同い年か、或いは一つ二つ下かもしれない。

ある日、父の正照《まさてる》が何処かから連れ帰り、

「次丸《つぎまる》の遊び相手にするといい」

と無頓着に言った。

稲生正武が、まだ幼名で呼ばれていた頃のことだ。その男も、せいぜい三、四歳の幼児に過ぎなかったであろう。

まだまだ母親が恋しいような幼児を、何故父が連れ帰ったのか、当時は同じく幼児であった稲生正武には知り得ようわけもないが、後々なんとなく想像した。おそらく、父が外の女に産ませた子——即ち、異母弟だったのではないか、と——。

だが、もし本当にそうだったのだとすれば、正照は鬼としか思えない。

何故なら、ただ嫡男の「遊び相手」という役目だけ与えられた幼児には、名前はおろか、ろくに呼び名すらなかったのである。

正嫡《せいちゃく》以外の子には名すら必要ない、という正照らしい冷徹さの表れだろう。

正照は、千石そこそこの旗本の当主にしては珍しく、古典や漢籍に通じた知識人であったが、人の情というものをあまり感じさせぬ男だった。

ただ、一人息子の正武のことだけは唯一可愛く思っていた筈だ。

「なんとお呼びすればよいのでございます？」

結局幼児の世話を任されることになる正武の母は、困惑気味に父に問うた筈だ。

「なんでもよい。……だが、そうだな、確かになんでもよいはよくないな。ならば、

『常陸』とでも呼ぶがいい」

「常陸、でございますか」

「ああ、常陸だ」

父は遂にその理由を口にしなかったが、大方産みの母が常陸出身の女なのだろう、と想像した。

常陸は、幼児のあいだは母屋で正武とともに育ち、手習いや道場なども一緒に通っていた。当時は、笑いもすれば泣きもする、ごく普通の幼児であった。

常陸は、読み書きは苦手《にがて》だが身が軽く、正武と違って瞬《また》く間に剣術の腕を上げた。

表向きは親戚の子を引き取ったことにしていたが、正武はあるときから本当の兄弟のように思っていた。

常陸は正武に対して従順で、どこに行くにもあとをついて来た。

ところが、元服するとともに、常陸は母屋を出て、中間《ちゅうげん》長屋に住まうよう正照から命じられた。

中間として屋敷で働くようになると、もう家族と一緒に食事をすることも許されないし、正武にも臣下として仕えなければならない。正武は不憫《ふびん》に思い、菓子など持って屡々《しばしば》常陸の長屋を訪れたが、そのうち常陸は長屋からも姿を消してしまった。

正照の指図に違いなかったが、常陸のことに関する限り、正武は何故かそら恐ろしくて、直接父に問うことができなかった。もし問えば、途轍もなく恐ろしい真実を明かされてしまいそうな気がしたのだ。

数年すると常陸はいつのまにか屋敷に戻って来たが、戻って来たときには顔つきから雰囲気から、なにもかもが一変していた。

なにか特別な修業を積み、特別な能力を身につけてきたということは容易に想像できた。

おかげで、正武が家督を継いで出仕するとともに、常陸は正武にとって頼もしい手足となった。

ときに正武の身を護り、ときにその意を承《う》けてどんな仕事でも成し遂げた。

父の死に際して、正武は常陸の出自を問い質《ただ》すべきか悩んだが、結局はなにも訊くことができなかった。

正武は、己の弱さを知っている。もし父の口から、常陸が異母弟なのだと知らされたなら、命の危険を伴う仕事を命じることを躊躇《ためら》うようになるかもしれない。もとより父とて、真実は語るまい。自ら語りはせぬが、それでもその顔色を見て、なにか察してしまうかもしれない。

父になにも問わなかった代わり、正武は父の葬儀の後、常陸に問い質した。

「お前は、己の出自のことを亡き父上から聞かされているのか？」

「いいえ」

常陸は即座に首を振った。

「なにも、伺ってはおりませぬ」

「そうか」

正武は一旦頷《うなず》いたが、それから口調を変えて、

「では、姿を消していた何年かのあいだ、何処でなにをしていたのだ？」

「…………」

顔を伏せて跪《ひざまず》いた常陸の肩が僅かに震えたように見えた。

「答えぬのか？」

「…………」

重ねて問うても、常陸は押し黙ったきり、首すら振る様子はなかった。その頑《かたく》なな態度を見る限り、主人に従順とは言い難いようにも思える。

「禁じられて…いるのであろうな」

「え？」

声には出さぬが、常陸は顔をあげて意外そうに正武を見返した。

「その話をすることは、屹度《きっと》、厳しく禁じられているのであろう。それ故、これ以上は聞かぬが、わかっておるぞ」

「…………」

「わかっておる。……さぞ、辛かったであろうな」

「わ、若ッ」

常陸は不意に声を詰まらせた。

「二人きりのときは、以前のように、兄上と呼んでくれ」

「兄…上……」

「すまなかった、常陸。そなたにばかり、辛い思いをさせてしまって……」

「いいえ、兄上！　断じて、そのようなことはございませぬ」

常陸は夢中で言いかけるが、熱いものがこみあげ、胸と喉《のど》が詰まってしまって言葉にはならないようだった。

「常陸……常陸という名も変だ。今後は、常陸介としよう」

正武が慌てて言い募ると、常陸こと常陸介は今度こそ激しい嗚咽《おえつ》がこみあげてしまい、しばらく言葉が口をつかないようだった。

「のう常陸介、たまにはこうして、幼い頃に……仲の良い兄弟に戻ろうではないか。飯も一緒に食おう」

「あ…兄上」

無防備な泣き顔を正武に見せたこの瞬間から、常陸介は、得体の知れぬ不敵な存在から、かつての従順で人懐《ひとなつ》こい弟に戻った。少なくとも、正武に対してだけは——。

それが亡父の望みであったかどうかはわからぬが、稲生正武は、常陸介と名付けられた幼馴染みの心を籠絡し、正武のためなら命も捨てる、と思わせることに成功した。

稲生正武が、複数の隠密を諸国に放つようになったのは、勘定奉行の公事方《くじかた》を務めることが決まった享保八年からである。

勘定奉行を務めた者は、その功績によって大目付に昇進するのが慣例となっていたから、そのための下準備のつもりでもあった。

公事方が扱うのは主に訴訟だが、訴訟は、双方の言い分が食い違って起こるもので、早い話、面倒くさい喧嘩である。

殴り合いや斬り合いによる喧嘩と違ってなかなか決着がつかず、兎に角長引く。

(どちらの言い分が正しいかなど、書状を読んだだけでわかるわけがない)

ということは、就任当初からわかっていた。

人は誰しも、己の利益だけを最優先する。そのためなら、いくらでも事実をねじ曲げるのだ。

それ故、隠密を使った。

隠密を使って、訴訟人たちの周辺を徹底的に調べさせた。

すると、彼らが何故七面倒《しちめんどう》な訴訟を起こすのか、彼らがなにを欲してるのかを知ることができた。裏から手を回して威《おど》しすかすのは、はじめのうちは骨が折れたが、じきに慣れた。

結局、双方が納得する公正な裁きなどというものは、この世に存在しない。

それがどんな裁きであれ、裁かれる側にとっては不公平なものなのだ。

調べあげた事実の幾つかは一方にとって都合がよく、また別の事実はもう一方にとって都合がいい。それ故双方、己にとって都合の良い事実だけを主張する。

すべての事実を白日の下に曝《さら》せば、誰も得をする者がいなくなり、それはそれで公正かもしれないが、身も蓋《ふた》もない。双方が少し損をする代わりに、少し得をできるように導く。稲生正武はそういう奉行であった。

おかげで稲生正武が公事方になってから、長引いていた訴訟の多くが片付いた。

稲生正武に仕える隠密たちの中でも、常陸介の有能さは群を抜いていた。常に、稲生正武の望みどおりの結果をもたらす常陸介に満足し、常陸介もまた、正武のために働くことを歓んでいた。

そんな常陸介を、常陸へと遣わしたのは八年前——享保十六年の夏であった。

訴訟の内容は、土地の問題だった。

訴えの主が既に故人である上、複雑に入り組んだ土地の境界線を調べるには些《いささ》かときがかかった。

その年は梅雨が長びき、彼方此方《あちこち》で水害が多発していた。

常陸介が、数々ある体術の中で、唯一泳ぎを苦手としていることを、稲生正武は知らなかった。

知っていれば、水害の多発地帯へなど行かせはしなかったかもしれない。

だが、すべてはあとの祭りだった。

あるときを境に、常陸介からの便りが途絶えた。何度か人を遣って調べさせたが、その消息は杳《よう》として知れなかった。

「その、常陸介という者は、本当に死んだのか?」

三郎兵衛は問うた。

三郎兵衛を見送りがてらに語られた井坂の話はまだ完全に終わっておらず、途中で遮る形になった。立ち話にしては、如何せん長すぎた。この先、さほど意外な展開が待っているとも思えぬ長話に、三郎兵衛は飽きてしまったのである。そんなことより、最前、稲生正武をあれほど怯えさせたものの正体を、早く知りたい。

「その年の夏を最後に殿様への便りが途絶え、それきり二度とは、お屋敷に戻って来られませんでした」

「それだけで、本当に死んだと言い切れるのか？」

三郎兵衛は重ねて問うた。

「次左衛門にこき使われるのがいやになり、何処かへ去ったとは考えられぬのか？」

「考えられませぬ」

「何故だ？」

あまりにきっぱりとした井坂の返答に内心驚きつつ、三郎兵衛は厳しく問い返した。

「常陸介殿は、殿にとってはご兄弟も同然のお方でございました」

「だが、まことの兄弟ではなかろう」

「…………」

「まことの兄弟であれば、兄が弟に然様《さよう》な危険な仕事を命じるわけがない」

井坂は完全に言葉を失い、深く俯いた。

三郎兵衛の言い分があまりに正論だったからにほかならない。

「そもそもお前は、常陸介のことをどれほど知っているのだ、井坂？」

問われて、俯いた井坂の肩がビクリと揺らぐ。

「そ、それがしは……」

「なんだ？」

「それがしは、常陸介殿と話したことはございませぬ」

「なに？」

「常陸介殿は、殿の御用にて外に出向かれておられることが多く、それがしは、ご存知のとおり、お屋敷勤めでございます故、殆ど顔を合わせることはありませんでした」

「では、常陸介が次左衛門にとって兄弟同然というのは、誰から聞いたのだ？　次左衛門がそう言うたのか？」

井坂の言葉に、三郎兵衛は忽《たちま》ち眉を顰《ひそ》めて問い返す。

「いいえ、常陸介殿のことを殿に訊くなど、以《もっ》ての外《ほか》。それこそ、お手討ちになりまする」

「では、どうしてそのように思うたのだ？」

「それは……まあ、古参の者たちがあれこれ噂しておりまして……」

「噂だと？」

「はい。殿がご幼少の頃よりお屋敷に仕える者がまだ何人かはおりまして……」

「だからと言うて――」

(主人や主人の身内のことをあれこれ噂するとは、ろくな者共《ものども》ではないな)

三郎兵衛は心底呆れていた。

もとより、屋敷うちの風紀が悪いのは、家臣だけのせいではない。主人に人望がないから、そういうことになるのだ。家人のことを思いやり、誠実にふるまい、家人たちからも慕われる主人であれば、陰口をたたかれることなどあり得ない。

「それで、死んだと思われていた常陸介が、実は生きていて、次左衛門を殺そうとしている、というのか？」

「殿は、脅えておられました」

「次左衛門は何故常陸介から恨まれておるのだ？」

「さあ、それは存じませぬが……」

「八年前、常陸介が水害に遭って消息を絶ったのは事故であろう。次左衛門を恨む筋合いのものではない」

「然様《さよう》…ではございますが……」

「なんだ？」

口ごもる井坂を、三郎兵衛は鋭く見据える。井坂の話は存外長く四半時《しはんとき》にも及んだため、三郎兵衛は最前から、表門の側の板塀の前で足を止めていた。

「如何《いかが》いたしたものでございましょうか、筑後守《ちくごのかみ》様？」

「儂にどうせよ、というのだ」

つい苛立《いらだ》って、強い語調で三郎兵衛は問い返す。

井坂の言いたいことは概《おおむ》ねわかったが、わかっただけで、ではどうするか、という肝心の部分が欠如している。

即ち、三郎兵衛になにをして欲しいのか、さっぱりわからない。

「殿を……どうか、殿をお助けくださいませ」

「無論助けねばなるまい」

井坂の必死な懇願に、三郎兵衛は頷いた。

「お願いいたします、筑後守様」

「だが、一体なにから助ける？」

「ですから、常陸介殿から……」

「常陸介が何者で、何故次左衛門を恨んでおるのかもわからぬ。そもそも、本当に常陸介なるものが生存しているのかもわからぬ。そんな曖昧な話を儂に聞かせて、どういうつもりだ、井坂」

「えっ？」

「そもそもうぬは、常陸介とやらのことなど、何一つ知らぬではないか、たわけめ」

「…………」

頭ごなしに叱責されると、井坂は深く項垂《うなだ》れたきり、とうとう言葉も発しなくなった。

「兎に角、次左衛門をよく見張れ」

顔をあげようとしない井坂に、三郎兵衛は重ねて言う。

「はい」

「と言うても、どうせうぬらのことだ。屋敷の中におる限りは、お庭番も伊賀者もおるということで油断していよう」

「い、いいえ……断じてそのようなことはございませぬッ」

「ならば、次左衛門から片時も目を離すな。できるか？」

「は、はいッ」

「よいか、片時も目を離さず、たとえ屋敷の中であっても一瞬とて気を抜いてはならぬ」

「はいッ」

歯切れよく答え、井坂は更に深々と頭を下げた。

（本当にわかっておるのかな？）

少しく――いや、かなり疑わしく思いながらも、三郎兵衛は稲生家をあとにした。

滞在したのはほんの一刻にも満たないのに、とても疲労していた。

二

三郎兵衛らが夜釣りに出かけ、その後火盗の与力らを振り払って稲生正武の屋敷に立ち寄ったその晩――。

まるで見はからったように、中間長屋から、《不知火》の九蔵と《丁稚》の文六の姿が消えた。

屋敷に戻ってまもなく、銀二はそのことを知ったが、すぐには三郎兵衛に告げず、自力で連れ戻そうとひと晩じゅう市中を捜しまわった。九蔵のように迂闊《うかつ》な男の逃げ込み先など、すぐにわかると夕カをくくっていたのだ。

だが、結局見つけることはできず、一人むなしく屋敷に戻った。三郎兵衛に報告しなければならぬことを思うと、ただただ気が重かった。

（いや、いま御前はそれどころじゃねえ筈だ。……九蔵のことなんぞ、お耳に入れてるどころじゃねえ）

と銀二は考えた。

少なくとも、稲生正武への見舞いから戻ったばかりの三郎兵衛の居間までわざわざ出向いて告げるべきことではない。

銀二はそう判断した。

（昨夜は何処かへ潜《もぐ》り込まれて見つけられなかったが、昼間なら、野郎は阿呆だからのこのこ盛り場でもうろついてやがるかもしれねえ）

そして、引き続き市中に出て九蔵を捜索した。

東西の廣小路《ひろこうじ》から、相撲興行が行われている深川八幡《ふかがわはちまん》、名だたる芝居小屋の周辺まで、九蔵が好みそうな賑やかな場所へ片っ端から足を向けてみた。

だが、日没までねばっても、矢張り九蔵を見つけることはできなかった。

屋敷に戻る足どりは重かった。

できれば戻らず、このまま何処かへズラかってしまいたかった。

だが、銀二が戻らず、九蔵も文六もいないとなれば、三郎兵衛は、三人で示し合わせて逃げた、と思うかもしれない。

所詮《しょせん》盗っ人づれだ、とも思われるだろう。

それだけはいやだった。

それ故銀二は、重い足を引き摺るようにして屋敷へ戻った。

脇門をくぐって屋敷に入ると、さっさと長屋に戻るべく足を速めた。

人目を避けていた筈なのに、

「なんだ、出かけておったのか、銀二？」

よりによって、いま最も会いたくない相手に見つかってしまう。

「御前……」

「どうした？　いやに疲れた顔をしておるではないか」

「いえ、そんなことは……」

少しく口ごもってから、だが、告げるならいましかない、と瞬時に判断し、

「実は、九蔵と文六が逃げました」

銀二は漸《ようや》くそのことを告げた。

「なに、二人揃って逃げたのか」

しばし呆気にとられてから、だが三郎兵衛は真顔になって問い返す。

「逃げたのは昨夜のうちか？」

「はい」

仕方なく、銀二は頷いた。

「それで、お前は、一人で捜しまわっておったのか？」

「はい」

どうやら三郎兵衛にはすっかりお見通しのようだった。

「見つかるわけがあるまい」

三郎兵衛は軽く笑いとばしたが、

「申し訳ございません」

銀二はひたすら恐縮した。

九蔵のことは己がしっかり管理しているつもりでいたのに、まんまとしてやられた。

三郎兵衛に対して全く面目が立たない。

「いや、儂も少々脅しすぎた。町方につき出す、と言われたら、逃げるしかあるまい。文六は兎も角、大親分の九蔵は打ち首獄門間違いなしだからのう」

と、三郎兵衛の口調はどこまでも明るく、怒る様子は全くない。

自らの予想と全く違うその反応に、銀二は少なからず戸惑っている。

「で、ですが、御前――」

「よいのだ。どうせ、お前たちにやってもらうことはもうなさそうであったし……」

「え？」

「お前も、ここから出て行きたければいつ出て行ってもよいのだぞ」

「銀二兄は駄目だよ」

二人が立ち話をしていた長屋前に、不意に勘九郎が割り込んできた。右手に貧乏徳利を下げているところを見ると、銀二と一杯やるつもりで来たのだろう。

「銀二兄は、明日から俺と一緒に抜け荷の探索をするんだ。それには、屋敷にいてもらったほうが都合がいい」

「抜け荷はもうよい」

だが三郎兵衛はあっさり首を振る。

「え？」

「いまはそれどころではないわ」

「なんでだよ」

「次左衛門に毒を盛った者をつきとめるのが焦眉の急だからだ」

「だ、だったら、それを手伝うよ。……なあ、銀二兄？」

戸惑いながらも、勘九郎は銀二に問いかけた。が、残念ながら銀二は顔を俯けたきり、勘九郎の言葉には全く興味を示さない。

「気持ちは有り難いが、遠慮しておこう」

「だから、なんでだよ！」

むきになって、勘九郎は言い返す。

「仕方なかろう。いまのところ、なにをどうすべきか、儂とて皆目見当もつかぬのだ」

と嘆息まじりに三郎兵衛が言い、

「なんだよ、それ――」

勘九郎が不満げに言いかけたのと同じ瞬間、

「いえ、やっぱりあっしは、九蔵の野郎を捜そうと思います」

銀二が不意に、いやにきっぱりとした口調で言った。

「え？」

「どうした、銀二？」

「許せねえんですよ」

銀二の口調は、いつになく激しい。

「あの野郎、絶対に許せねえッ」

「銀二兄？」

「なにが許せぬのだ？」

三郎兵衛と勘九郎は再び異口同音に驚いた。

「九蔵の野郎、昨夜俺がいないあいだに、文六からなにか聞き出したに違いねえんで
す。だから二人して、こそこそ逃げ出したんでしょうよ」

「おい、銀二」

「クソッ、九蔵の野郎！」

「なにをそんなに、むきになっておるのだ、銀二？」

「甲府城の金は、なんとしても取り返します。九蔵の野郎が聞きわけねえなら、決着
つけるしかねえでしょう」

「ちょっと待ってよ、銀二兄」

勘九郎は夢中で言い募った。

「今更、九蔵親分なんか追いかけてどうすんだよ」

「若にはわからねえでしょうが、盗っ人にとっちゃ、どうしても譲れねえ意地ってもんがあるんですよ」

「銀二兄は、もうとっくに盗っ人じゃないだろ」

「………」

鋭く指摘され、銀二は容易く絶句する。

「盗っ人でもないのに、盗っ人の意地とか、どうかしてるよ」

「ええ、どうかしてますよ」

「銀二兄……」

開き直った銀二を、勘九郎はさすがに持て余す。

「甲府城の金は、もう金輪際《こんりんざい》戻るまい」

些か呆れ気味ながらも、強い語調で三郎兵衛は言った。

「お前もいい加減わかっていよう、銀二」

「御前」

「あの金は、もう戻らぬのだ」

「御前がそこまでおっしゃるなら、金のことはもうようござんす。けど、九蔵の野郎だけは絶対に許せねえ」

「何故だ？」

「虚仮《こけ》にされたからですよッ」

銀二の言葉に、三郎兵衛と勘九郎はともに絶句した。

「あの野郎、文六と示しあわせやがって……」

「九蔵は、獄門が恐くて逃げただけだ。別にお前を虚仮にしたわけではあるまい」

「だったら、逃げる前に一言、俺に言ってくべきじゃねえですかい。文六を捕まえるために、このひと月くらい、奴と一緒に江戸中の賭場《とば》をまわってたんですぜ。それを……」

「お前に言えば、儂に密告《ちく》られると思ったのだろう」

「…………」

「九蔵を捜し出して、どうしようというのだ？　そもそも、お前の言う盗っ人の落し前とはなんだ？」

「決まってます！」

「殺すのか？」

「いえ、盗っ人の掟《おきて》では、殺すには及びません」

「では、どうする？」

「怒ります」

「怒るのか？」

三郎兵衛は真顔で問い返す。

「いや、だから、落とし前を……」

「だから、盗っ人の落とし前はおかしいだろ。銀二兄はもう盗っ人じゃないんだから」

「盗っ人じゃなくても、落とし前は落とし前です」

「では、どうするというのだ？」

「どうもこうも……」

銀二は最早《もはや》しどろもどろであった。

そもそも、盗っ人の落とし前云々を言い出したあたりから、支離滅裂である。

「勘九郎」

それがわかったので、三郎兵衛はふと向き直って静かに告げた。

「お前、一緒に捜してやれ」

「え？」

「銀二と一緒に、九蔵を捜してやれ」

「なんで？」

勘九郎は狐《きつね》につままれたような顔をする。

「一人で捜すより、二人のほうが見つけ易かろう」

「それはそうかもしれねえけど……」

「いえ、それは、いくらなんでも勿体のうございます」

銀二がさすがに恐縮すると、

「たわけッ」

忽ち三郎兵衛に一喝された。

「九蔵に逃げられたのは、九蔵と文六に謀《はか》られたわけでもなんでもない、うぬに気の弛みがあっただけのことだ」

「…………」

「儂らが屋敷を留守にするからと言うて、何故その日であれば容易く屋敷から逃げ出せると九蔵は思ったのだ？」

鋭く指摘されて、銀二は完全に言葉を失った。

「お前が、そう思わせてしまったからであろう」

「おい、祖父《じい》さん、それは言い過ぎだぞ」

横から勘九郎が口を挟むが、

「いいんです、若。……御前の、おっしゃるとおりです」

銀二は殊勝に首を振る。

「すべてあっしが悪いんです。……九蔵の信頼を得られなかったのは、あっしに人徳がなかったせいです。あっしを信じてくれていたら、逃げやしなかった筈です」

「そんなの、わかんないだろ。……文六って奴に唆《そそのか》されたのかもしれないし。あいつ、ずる賢そうだったし……ほら、九蔵親分、おだてに弱そうだし……」

「もう、いいんです、若。九蔵は、あっしが一人で捜します」

「俺も捜すよ」

「え？」

「一人で捜すより、二人のほうが見つけ易いだろう、って祖父さんも言ってたろ」

「でも、若……」

「いいから、いいから。……祖父さんがそうしろ、って言うんだから、言うとおりにしたほうがいいんだよ」

言いざま勘九郎は、手に提げた貧乏徳利を見せ、次いで、

「何処をどう捜すか、一杯やりながら作戦たてようぜ」

満面の笑みを見せながら言った。

銀二には最早返す言葉は見つからなかった。

その様子を横目に見ながら、

「言っておくが、万一九蔵を見つけても、もうこの屋敷には連れて来るなよ」

内心の動揺を気取られぬよう冷ややかな口調で三郎兵衛は言い放つ。

「なんでだよ？」

「昨夜のことを忘れたか？　火盗に見張られているかもしれんのだ」

「火盗には、厳重に抗議するんじゃなかったのかよ」

「面倒だから、やめた」

言い捨てて、三郎兵衛は背を向けた。

（矢張り、こういうことになるか）

内心深く嘆息しつつ、三郎兵衛はゆっくりその場を離れるしかなかった。

三

「常陸介と呼ばれる稲生家の用人は、確かに実在いたします」

　淡々と桐野は述べる。

「八年前、常陸土浦《つちうら》藩を内偵中、行方不明になったのも事実らしゅうございます」

「行方不明なのか？」

「生死の確認ができませぬ以上、行方不明ということになります」

「なるほど」

　三郎兵衛は緩《ゆる》く頷く。

　桐野の言うことはいちいちもっともだった。

　もっともだと思えるということは、即ち桐野への信頼がそれだけ深まっているということだ。

（なにしろ、こやつの言うことだけは、何一つ、疑わずにすむからのう）

　このところ、妙なことがたび重なり、不確かな情報ばかり与えられた。なんの確証もない、曖昧な情報には辟易していた矢先のことである。

「それにしても、次左衛門は、勘定奉行の頃から、隠密を使いこなしておったのだな。なにを調べさせていたのであろう」

「下野守様は公事方であられましたから、あれこれ調べることもおありだったのでございましょう。……訴訟を、円滑に進めるためにも、より多くの情報を得なければなりませぬ」

「なるほど。……そういえば、次左衛門が公事方を務めるようになってから、長引く訴訟の数が格段に減ったようだ」

「あのとおり、思慮深い御方でありますす故、かなり巧妙に裏から手をまわしたのでございましょう」

「なるほどのう。……次左衛門は、あれこれ工夫しておったのだな。人より先に出世する者は、矢張りそれだけの理由があるのだな」

しみじみと述べながら、三郎兵衛はその当時を思い、なにやら懐かしい気分になった。

初出仕が四十で、息子のような歳の同輩とともに何年も小納戸役などを務めたせいか、三郎兵衛は己の出世について全く無関心になった。というより、出世に目の色を変えるのが恥ずかしい年齢に達していた。ひとまわり以上も年下の者たちと出世争いするなど、三郎兵衛には思いも寄らぬことだった。

その結果、奉行と名のつく役に就いたのが、六十を過ぎてからのことだ。

それ故、出世如きに目の色を変える者たちを唾棄《だき》すべき輩《やから》と蔑《さげす》み、常に一線を画してきた。

(出世するために、あらん限りの労力を尽くす者もいるというのにな)

無意識に否定してきた稲生正武のような人生を、今更ながらに興味深く思った。

(次左衛門は、確か二十五、六で家督を継いだのだったな)

駒木根政方の、一歳での相続は異例としても、二十代半ばでの旗本の家督相続は妥当である。つまり、多くの競争相手が犇《ひし》めく中で、稲生正武は至極妥当に出世したのだ。

「それで、常陸介はなにを調べに行ったのだ?」

過去の想いからつと覚めて、三郎兵衛は問うた。

「おそらく、当時の土浦藩主の身辺ではないかと思われます」

「藩主の?」

「土地の問題で諍《いさか》いが起きるのは、そもそも藩主が暗愚である故でございます。気まぐれに褒美と称して、他の者が所有する土地を寵臣に与えたり、逆に召し上げたり

いであろう」

「だが、藩内の問題であれば、藩内で解決すべきであり、公事方に持ち込むなど筋違

——」

と三郎兵衛は首を傾げたが、

「おそらく、国境《くにざかい》の問題ではないかと思われます」

よどみのない口調で桐野は告げた。

「江戸崎《えどさき》、古渡《ふっと》など、廃された藩の旧領の一部は土浦藩の領地となりましたが、幕府に没収されて天領となった土地もございます。それらの境は曖昧で、いまだに諍いの因《もと》になっていると聞き及びます」

「面倒だな。……それで、常陸介とやらは水害に巻き込まれたというわけか」

「以来、姿を見た者はおらぬということでございます」

「ふうむ。……だが、その常陸介が何故いきなり現れて次左衛門の命を狙うのだ?」

「それはわかりませぬ」

「それに、次左衛門は何故そやつのことを異様に恐れておるのだ? やつを恨む者など、他にも大勢いるだろうに——」

桐野は無言で首を振るしかなかった。

過去の事実であればいくらでも調べる術《すべ》はあろうが、稲生正武の心の中を覗く術はない、いまのところ――。

「その下野守様ですが……」

それまで流暢に話していた桐野が、ふと言いにくそうに口ごもった。

「どうした？」

「あれからずっと、脅えておられるようで、ろくに食事もとられず、あまり眠れておられぬようでございます」

「なに、あれからずっとだと？」

三郎兵衛は顔を顰《しか》める。

帰れ、と言われたのが気に障《さわ》ったわけではないが、結局三郎兵衛は息を吹き返した翌日に見舞って以来、稲生正武の許《もと》を訪れていない。ただ、鰻《うなぎ》の蒲焼《かばや》きを届けさせただけだ。

「ろくに飯も食っておらぬとは。……折角の鰻も無駄にしたのか、あのたわけめ」

軽く舌を打つ。

「明日にでも、様子を見に行ってみるか」

三郎兵衛の呟きには答えず、

「ところで御前――」

桐野がふと口調を変えて切り出した。

「ん？」

桐野が表情を弛めたことに、三郎兵衛は故もなく戸惑った。桐野がそういう表情を見せるときは逆に三郎兵衛は警戒しなければいけない。

「なんだ、桐野？」

「いえ――」

桐野は目を伏せ、口許を薄く笑ませている。

その笑顔はゾッとするほど艶《つや》っぽいが、三郎兵衛の目には悪魔の微笑《ほほえ》みとしか映らない。

「若に、よいことをお命じになられました」

「なんだ、そのことか」

三郎兵衛は忽ち渋い顔をした。

「九蔵もよいときに逃げてくれたものよ。あやつ、がさつな粗忽者と思うておったが、存外気働きのできる男だったのかもしれぬな」

「御前にとっては、でございますな」

桐野は遂に低く声をたてて含み笑った。

「…………」

三郎兵衛は憮然としたが、内心では桐野の言葉に激しく同意していた。

正直、九蔵のことなど、もうどうでもよかった。何故銀二があれほどむきになっているのかもよくわからない。

ただ、勘九郎の注意を逸らしておく、という一事においては、大いに役立ってくれた。

今回ばかりは、勘九郎を稲生正武の件に関わらせたくはない。

得体の知れない南蛮渡来の毒を用いたり、火盗改まで利用したりするような手段を選ばぬ敵が、この先なにを仕掛けてくるか、皆目見当もつかなかった。

桐野に手ほどきを受け、多少腕を上げたといっても、所詮付け焼き刃にすぎない。手段を選ばぬ敵を相手にするのはあまりにも危険すぎる。

(九蔵めは、さすがに江戸を出て上方《かみがた》へでも向かった筈だ。いくら市中を捜し回っても、見つかるわけがない)

銀二は九蔵を見くびっているようだが、三郎兵衛はさすがにそこまで馬鹿だとは思っていない。万が一にも江戸で捕らえられたら最後、打ち首獄門である。ほとぼりが冷めるまで、江戸を避けるのは当然である。

(とはいえ、いつまでも誤魔化しきれるわけもなし。……勘九郎めが気づく前に、カタをつけねばならぬ)

心中密かに、三郎兵衛は思った。

四

ひどく霧が濃い。

一面白く霞んで、伸ばした己の手の先すらも、よく見えない。

当然足下も覚束無《おぼつかな》いが、兎に角いまは先に進むしかない。

「………」

何処かで、低く己を呼ぶ声を聞いた気がしたが、空耳《そらみみ》だろう。何故なら、ここへ来たのも一人だし、誰かと連れになったおぼえもない。

(そうだ。この儂には、連れなどおらぬ)

男子たる者、ただ己一人を恃《たの》みとし、誰にもすがってはならぬ、と教えられた。

それ故、未だ一人の友もいない。

「あ…兄上」

か細い声音で呼びかけられ、稲生正武はふと傍《かたわ》らを顧みる。

小さな童《わらべ》が、正武の腰のあたりに縋《すが》りつき、震えている。童の顔をひと目見た途端、稲生正武はすべてを思い出した。

「兄上、恐い……」

「大丈夫だ、常陸。兄がついている」

と強がる正武もまた、同じ年頃の童に過ぎなかった。

「山には化け物が棲むと聞きました」

「化け物などおらぬ。しっかりせよ」

正武は必死に励ました。

実を言えば正武も恐い。恐いが、それを表に出すわけにはいかない。兄と慕う正武が怖がっていると知れば、常陸はもっと怖がるだろう。

「なにも見えませぬ、兄上」

山中には、濃霧が漂っていた。

手を繋いで身を寄せ合った二人が、互いの顔を見るのがやっとだ。

「見えずとも、大事ない。私から離れるな」

「はい」

幼い二人は手を取り合ってしばし進んだ。

それは、父に連れられ、田舎の領地の見分《けんぶん》に行ったときのことだった。

現地に住む番頭の案内で広葉樹林を歩いているとき、いつのまにか大人たちとはぐれてしまった。山というほどではないが、樹林の中は少しく盛り上がっており、周囲の土地よりは多少小高くなっていた。

なだらかではあっても、段差のあるでこぼこの道は子供の足には相応の負担であった。

本当は、正武とてその場にしゃがみ込んで泣きたかった。

もう一歩も、前に進む気力などないのに、なにかが、正武を奮い立たせていた。

そのなにかとは、

「兄上〜」

と頼ってくる常陸の存在にほかならなかった。

全体、頼られるとはなんと蠱惑《こわく》的な感覚なのだろう。頼られているというだけで、本来ない筈の力が湧いてくる心地がする。心地がするだけで、実際にはなんの力もないというのに――。

　このときの経験が、父の、

「男子たる者、己のみを恃みとすべし」

　という言葉を正武に実感させた。

　頼ることはもとより、人から頼られるということもまた、一種の麻薬だ。故もなく高揚し、己にそれだけの力があるのではないかと錯覚し、その果てに判断を誤る。

（あのときは、結局一刻以上も山中をさ迷ったのだったな）

　懐かしい筈の記憶を、

「兄上」

　執拗に呼びかけてくる常陸の声が、悪夢に変えた。

　はじめのうちは囁くような細い声音だったのに、次第に低く確かな声に変わっていた。

「兄上」

　完全に大人の男の声音であった。

　稲生正武はハッとした。

　夢を見ているのだとばかり思っていたが、どうやらそうではないらしい。

「だ…誰だ？」

問い返そうとするが、喉がかすれて声にならない。

「忘れたんですか、兄上？」

「忘れるもなにも、お前なんか知らない」

と言おうとした瞬間、目の前に、見知った男の顔が現れる。

「兄上」

常陸改め、常陸介と呼ばれるようになってからのその男が、冷めきった目で正武を見返していた。

「常陸介、お前……」

大人になった常陸介の顔を見るだけで、稲生正武の心は痛んだ。できれば、見たくはなかった。

確かに、兄と思えとか、二人きりのところでは、「兄上と呼べ」などと、酔狂なことを言ってみたものの、実際に常陸介が正武のことを「兄上」と呼んだことなど、あったろうか。長い年月のうちには何度かあったかもしれないが、いざ呼ばれると胆が冷えた。責められているかの如く感じた筈だ。

「やめて…くれ」

遂に稲生正武は懇願した。

「兄…などと、呼ばないでくれ」

「何故だ、兄上！」

するとと忽ち、常陸介は責める口調で言い募った。

「今更何故そんなことを言うんだ！……俺は、あんたを兄上だと信じるからこそ、命懸けであんたに仕えてきたんじゃないか」

「すまぬ、常陸介」

「何故謝るんだ、兄上？」

「儂はそなたの兄ではない」

「今更なに言ってんだ！　兄と呼ぶなとは、どういうことだよ！」

「だから、すまなかったと言ってるだろう。もう、許してくれぇッ」

「許せるわけがねえだろッ」

常陸介が怒声を発した。

文字どおり、鬼の形相で。

「うわぁ〜ッ、許してくれぇ〜ッ」

稲生正武は飛び起きた。

背中にゾクリと悪寒が走ったのは、冷たい寝汗のせいだった。悪夢に魘《うな》されたのは、あれから何度目になるだろう。

「殿？」

障子の外からの呼びかけに、稲生正武は懸命に気持ちを落ち着けようと努めた。

「なんだ？」

「御膳をお持ちいたしました」

井坂の声だった。

「飯などいらん。食いとうない」

「召しあがっていただかねば困ります。お薬が飲めぬではありませぬか」

「…………」

「入ります」

障子を開けると、井坂はスルリと部屋の中に入って来た。いつになく強引なその態度に、少なからず正武は戸惑う。

「そこに置いていけ」

「召しあがるまで、これにてお待ちいたします」

「五月蝿《うるさ》いのう。薬を飲めばよいのであろうが」

「いけませぬ！」

傍らに置かれた膳の上から、煎じ薬の入った湯飲み茶碗に手を伸ばしかけたところを、頭ごなしの勢いで言い放たれ、稲生正武は閉口した。

「なにか、多少なりとも召しあがられてからでなければ、薬を飲んではなりませぬ」

「なんだ、医師のような口をききおって……」

正武が不満げに口走ると、

「これはしたり。それがしには、医術の心得がございまする」

井坂は真顔で言い返した。

「わかった、わかった」

仕方なく、稲生正武は膳を引き寄せ、箸《はし》を手にとった。

「食べればよいのであろう」

と、改めて膳の上を確認すると、汁物の椀と漬け物の小皿の他、小ぶりな重箱がのっている。

(なんだろう?)

重箱の蓋をとると、忽ち、香ばしい蒲焼きの匂いが鼻腔を刺激した。

「鰻?」

「筑後守様が届けてくださいました」

「懲りぬお人だ」

憎まれ口を叩きながらも、稲生正武は重箱に手を伸ばした。腹など少しも空いていないつもりだったのに、一瞬で空腹を意識したのだから、矢張り蒲焼きの威力は凄まじい。

ひと口頬張ると、あまりの美味《うま》さに涙が溢れた。

(あの御方は、日頃こういうものを食しておられるから、ああもお元気なのだな)

思いつつ咀嚼《そしゃく》し、嚥下《えんげ》し、夢中で平らげ、見るともなしに膳の上に視線を落とす。

(ん?)

つと目をとめたのは、膳の端のほうになにやら木の実のようなものが転がっているように見えたためである。

(なんだ?)

思わず手にとると、団栗《どんぐり》の実に楊枝《ようじ》を挿したものだった。

(これは、独楽《こま》だな)

無意識に、膳の上でまわしてみてから、

「うわぁ〜ッ!」

不意に驚きの声をあげた。

101-8405

書籍のご注文は84円
アンケートのみは63円
切手を貼ってください

東京都千代田区神田三崎町2-18-11

二見書房・時代小説係 行

ご住所 〒

TEL - - Eメール

フリガナ

お名前

（年令 才）

※誤送を防止するためアパート・マンション名は詳しくご記入ください。

22.7

愛読者アンケート

1 お買い上げタイトル

(　　　　　　　　　　　　　　　　　　　　　　　　　　)

2 お買い求めの動機は？（複数回答可）

□ この著者のファンだった　□ 内容が面白そうだった

□ タイトルがよかった　□ 装丁（イラスト）がよかった

□ 広告を見た　（新聞、雑誌名：　　　　　　　　　）

□ 紹介記事を見た（新聞、雑誌名：　　　　　　　　　）

□ 書店の店頭で　（書店名：　　　　　　　　　　　　）

3 ご職業

□ 会社員 □ 公務員 □ 学生 □ 主婦

□ 自由業 □ フリーター □ 無職 □ ご隠居

□ その他（　　　　　　　　　　　　　　）

4 この本に対する評価は？

内容：□ 満足 □ やや満足 □ 普通 □ やや不満 □ 不満

定価：□ 満足 □ やや満足 □ 普通 □ やや不満 □ 不満

装丁：□ 満足 □ やや満足 □ 普通 □ やや不満 □ 不満

5 どんなジャンルの小説が読みたいですか？（複数回答可）

□ 江戸市井もの　□ 同心もの　□ 剣豪もの　□ 人情もの

□ 捕物　□ 股旅もの　□ 幕末もの　□ 伝奇もの

□ その他（　　　　　　　　　）

6 好きな作家は？（複数回答・他社作家回答可）

(　　　　　　　　　　　　　　　　　　　　　　　　　　)

7 時代小説文庫、本書の著者、当社に対するご意見、

ご感想、メッセージなどをお書きください。

ご協力ありがとうございました

↓ この線で切

沖田 正午（おきだ・しょうご）

大江戸けったい長屋シリーズ
①ぬけ弁天の菊之助 ②無邪気な助っ人 ③背もたれ人情 ④ぬれぎぬ

大仕掛け 悪党狩りシリーズ
①如何様大名 ②黄金の屋形船 ③捨て身の大芝居

北町影同心シリーズ
①閻魔の女房 ②過去からの密命 ③挑まれた戦い ④目眩み万両
⑤もたれ攻め ⑥命の代償 ⑦影武者捜し ⑧天女と夜叉
⑨火焔の啖呵 ⑩青二才の意地

喜安 幸夫（きやす・ゆきお）

はぐれ同心 闇裁きシリーズ
①龍之助江戸草紙 ②隠れ刃 ③因果の棺桶
④老中の迷走 ⑤斬り込み ⑥槍突き無宿
⑦口封じ ⑧強請の代償 ⑨追われ者
⑩さむらい博徒 ⑪許せぬ所業 ⑫最後の戦い

見倒屋鬼助 事件控シリーズ
①朱鞘の大刀 ②隠れ岡っ引 ③濡れ衣晴らし
④百日髷の剣客 ⑤冴える木刀 ⑥身代喰逃げ屋

隠居右善 江戸を走るシリーズ
①つけ狙う女 ②妖かしの娘 ③騒ぎ屋始末
④女鍼師 竜尾 ⑤秘めた企み ⑥お玉ケ池の仇

倉阪 鬼一郎（くらさか・きいちろう）

幡 大介（ばん・だいすけ）

天下御免の信十郎シリーズ
①快刀乱麻 ②獅子奮迅 ③刀光剣影 ④豪刀一閃
⑤神算鬼謀 ⑥斬刃乱舞 ⑦空城騒然 ⑧疾風怒濤
⑨駿河騒乱

聖 龍人（ひじり・りゅうと）

夜逃げ若殿 捕物噺シリーズ
①夢千両すご腕始末 ②夢の手ほどき ③姫さま同心 ④妖かし始末
⑤姫は看板娘 ⑥贋若殿の怪 ⑦花瓶の仇討ち ⑧お化け指南
⑨笑う永代橋 ⑩悪魔の囁き ⑪牝狐の夏 ⑫提灯殺人事件
⑬華厳の刃 ⑭大泥棒の女 ⑮見えぬ敵 ⑯踊る千両桜

火の玉同心 極楽始末シリーズ
①木魚の駆け落ち

氷月 葵（ひづき・あおい）

神田のっぴき横丁シリーズ
①殿様の家出

婿殿は山同心シリーズ
①世直し隠し剣 ②首吊り志願 ③けんか大名

公事宿 裏始末シリーズ
①火車廻る ②気炎立つ ③濡れ衣奉行 ④孤月の剣
⑤追っ手討ち

御庭番の二代目シリーズ

→ この線で切り取ってください

↑ この線で切

取ってください

← この線で切り取ってください

①将軍の跡継ぎ ②藩主の乱 ③上様の笠 ④首狙い
⑤老中の深謀 ⑥御落胤の槍 ⑦新しき将軍 ⑧十万石の新大名
⑨上に立つ者 ⑩上様の大英断 ⑪武士の一念 ⑫上意返し
⑬謀略の兆し ⑭裏仕掛け ⑮秘された布石 ⑯幻の将軍
⑰お世継ぎの座 ⑱刃の真相

藤木 桂(ふじき・かつら)

本丸 目付部屋シリーズ
①権威に媚びぬ十人 ②江戸城炎上 ③老中の矜持 ④遠国御用
⑤建白書 ⑥新任目付 ⑦武家の相続 ⑧幕臣の監察
⑨千石の誇り ⑩功罪の籤 ⑪幕臣の湯屋

藤 水名子(ふじ・みなこ)

古来稀なる大目付シリーズ
①まむしの末裔 ②偽りの貌 ③たわけ大名 ④行者と姫君
⑤猟鷹の眼 ⑥知られざる敵

与力・仏の重蔵シリーズ
①情けの剣 ②密偵がいる ③奉行闇討ち
④修羅の剣 ⑤鬼神の微笑

旗本三兄弟 事件帖シリーズ
①闇公方の影 ②徒目付 密命 ③六十万石の罠

隠密奉行 柘植長門守シリーズ
①松平定信の懐刀 ②将軍家の姫 ③大老の刺客 ④薬込役の刃
⑤藩主謀殺

①長屋の殿様 文史郎 ②狐憑きの女 ③赤い風花 ④乱れ髪 残心剣
⑤剣鬼往来 ⑥夜の武士 ⑦笑う傀儡 ⑧七人の刺客
⑨必殺、十文字剣 ⑩用心棒始末 ⑪疾れ、影法師 ⑫必殺迷宮剣
⑬賞金首始末 ⑭秘太刀 葛の葉 ⑮残月殺法剣 ⑯風の剣士
⑰刺客見習い ⑱秘剣 虎の尾 ⑲暗闇剣 白鷺 ⑳恩讐街道
㉑月影に消ゆ ㉒陽炎剣秘録 ㉓雪の別れ

北風侍 寒九郎シリーズ
①津軽宿命剣 ②秘剣枯れ葉返し ③北帰行 ④北の邪宗門
⑤木霊燃ゆ ⑥狼神の森 ⑦江戸の旋風 ⑧秋しぐれ

森 真沙子(もり・まさこ)

日本橋物語シリーズ
①蜻蛉屋お瑛 ②迷い蛍 ③まどい花 ④秘め事
⑤旅立ちの鐘 ⑥子別れ ⑦やらずの雨 ⑧お日柄もよく
⑨桜追い人 ⑩冬 螢

箱館奉行所始末シリーズ
①異人館の犯罪 ②小出大和守の秘命 ③密命狩り
④幕命奉らず ⑤海峡炎ゆ

時雨橋あじさい亭シリーズ
①千葉道場の鬼鉄 ②花と乱 ③朝敵まかり通る

柳橋ものがたりシリーズ
①船宿『篠屋』の綾 ②ちぎれ雲 ③渡りきれぬ橋 ④送り舟
⑤影燈籠 ⑥しぐれ迷い橋 ⑦春告げ鳥 ⑧夜明けの舟唄

又ってください

「ひ、常陸介ッ」

「殿？」

井坂が心配そうに覗き込む。

「如何なされました？」

「だ、誰じゃ、こんなものを膳に置いたのは？」

「は？　なんのことでございます？」

「これじゃ。この、団栗独楽じゃッ」

「団栗独楽、でございますか？　それがどうかいたしましたか？」

鸚鵡《おうむ》返しに問い返しながら、井坂は不得要領《ふとくようりょう》な顔で主人を見た。

「この膳を用意したのは誰だ？」

「誰と言われましても……これは、筑後守様からの頂き物を、それがしがこのように盛りつけましたので……他の者は誰も触れておりませぬ」

「そちが、厨《くりや》から運んで来たのか？」

「は、はい」

「違う」

「え？」

「この膳を用意したのは、そちではあるまい」

「いえ、それがしでございます」

「では、独楽をおいたのもそちか？」

「いいえ……独楽…団栗はたまたま膳にまぎれ込んだのではございますまいか？」

「そんなわけがあるかっ！」

稲生正武は声をはりあげた。

「………」

井坂は困惑して口を閉ざす。

「いいや、常陸介が戻って来たのだ」

「殿？」

「常陸介の仕業《しわざ》だ！　そうに違いないわ!!」

「殿、おしずまりくださいませ。常陸介殿など、どこにもおられませぬ」

「常陸介は忍びだ。姿を隠し、この屋敷の何処かに潜《ひそ》んでおるに違いないわ」

「………」

「儂を殺しに来たのだ！」

「い、伊賀者が、目を光らせてございます。何人《なんぴと》たりとも、お屋敷に侵入することなどできませぬ」

「常陸介ならば、できる。……そうだ。常陸介ならば必ず来る。現に、こうして来ておるではないかッ」

「常陸介殿など、来ておりませぬ」

「いや、来たのだ。儂を殺しに来たのだーッ」

「なにを騒いでおるのだ、みっともない。よい加減にせい、次左衛門」

唐突に障子が開き、三郎兵衛が顔を覗かせた。その顔をひと目見ると、

「松波様……」

稲生正武は一瞬で正気に戻る。

「何故、松波様がここに？」

「見舞いだ」

眉一つ動かさずに三郎兵衛は答えた。

「折角の鰻を無駄にされてはかなわんので、ちゃんと食べておるかどうか、見に来たのだ」

「………」

「さっさと鰻を食べて、薬を飲め、次左衛門。あまり井坂の手をわずらわせるな」

稲生正武は黙って従うよりほかなかった。

（ここは儂の屋敷だ。この御方は一体なんのつもりだ）

と思わぬこともなかったが、口には出さなかった。もし出せば、病人だろうが死に損ないだろうが、構わずぶん殴られるかもしれなかった。

五

「本当に、常陸介とやらが戻って来たのか？」

眠りに落ちた稲生正武の、決して可愛いとは思えぬ寝顔に視線を落としながら、三郎兵衛は井坂に問うた。

鰻重を食べて薬湯を飲むと、稲生正武は忽ち眠りに落ちた。日毎常陸介の脅威にさらされ、このところぐっすり眠れていなかったためか、その寝息は極めて安らかだ。枕元で寝顔を眺めていると、本来可愛くないはずの男の寝顔が、次第に可愛く見えてくるから不思議であった。

室内には、いまは井坂と桐野の二人しかいない。

人払いを命じたので、警護のお庭番と伊賀者以外、この部屋に近づく者はいない筈だ。もしいれば、それが稲生正武の命を狙う刺客にほかならない。

　桐野は三郎兵衛の供のふりをして同行したが、稲生家のお庭番は彼の朋輩《ほうばい》なので、もとよりその正体を知っている。

「どうなのだ、井坂？」

　己が問われているとは夢にも思わず、ぼんやり聞き流していた井坂は名指しされて大いに慌てた。

「は？……い、いえ、それは……」

「おるのか、おらぬのか？」

「おそらく……」

「おらぬのだな？」

「はい」

　井坂は思わず頷いたが、三郎兵衛の問いは更に続く。

「では、何故次左衛門は、常陸介が戻ってきたと言い張り、あれほど取り乱したのだ？」

「それは……よくわかりませんが、団栗の独楽を膳に置いた者が常陸介殿であると仰せられまして……」

「団栗の独楽？」

三郎兵衛は忽ち眉を顰《ひそ》める。

「なんだ、それは？」

「まこと、不可解でなりませぬ。筑後守様からの差し入れの鰻を召しあがられて、上機嫌であられたのです。それが、団栗一つのことで、突如あのようになられて……悪霊に取り憑かれたとしか思えませんでした」

井坂は懸命に言い募り、

「まったくだ。この屋敷にも樫《かし》や櫟《くぬぎ》は生えておる。団栗など、どこにでもあるわ」

三郎兵衛も一旦は同意したが、なにか見落としていないか気にかかり、

「お前はどう思う？」

ふと桐野を顧みた。

桐野は少し考え込んでから、

「御前には、幼い頃、団栗の独楽で遊んだ思い出がございますか？」

逆に三郎兵衛に問いかけた。

「え？　儂か？」

三郎兵衛は少しく戸惑ったが、

「儂は、ないのう。……幼い頃のことはさすがによく思い出せぬが。……江戸育ちの儂には、そもそも野山で団栗を拾ったおぼえもないわ」

「ということは、御前や下野守様のようなお旗本の子弟が、団栗独楽で遊ぶのは、寧《むし》ろ珍しいのではございますまいか？」

「かもしれぬ」

「されば、団栗独楽にまつわる思い出は、下野守様と常陸介殿だけが知るものであったとしても不思議はない、ということになります」

「うむ」

「御前は、幼い頃のことはよく覚えていないと仰有《おっしゃ》いましたが、下野守様は明らかに覚えておられた。それ故、動揺され、取り乱されたのでしょう」

「つまり、団栗独楽に纏《まつ》わる思い出は、次左衛門と常陸介だけが共有しているというわけだな」

三郎兵衛にも漸く、桐野の言わんとしていることが理解できた。

「本来楽しい筈の……幼い頃の思い出を、何故忌まわしく思われるのか、それはわかりませぬが」

「それは、次左衛門本人にしか、わかるまい」

三郎兵衛は言い、再び井坂のほうに顔を向ける。

「団栗を膳に置いた者に、本当に心当たりはないのか？」

「は…い」

井坂は気まずげに目を伏せた。

「ただの団栗ではなく、楊枝を挿した団栗独楽だぞ。たまたままぎれ込んだわけではなく、誰かが、なんらかの意図をもって故意に置いたのだ」

「………」

「それが常陸介なのかどうかは別として、常陸介のふりをして次左衛門を害そうとする者がこの屋敷の中にいる、ということだ」

「………」

「心当たりがなければ、燻《いぶ》り出すしかあるまいな」

「え？」

「はい」

戸惑う井坂をさしおいて、桐野が頷く。

「どうすればよい？」

「されば、罠を仕掛けまするか？」

「罠？　どのような罠だ？」

「敵の狙いが下野守様のお命であるならば、願いをかなえてやることでございます」

「なるほど、次左衛門に死んだふりをさせるのだな？」

「されば、敵は必ず、確かめに来ると思われます」

「早速今夜にでも試みるか」

三郎兵衛が口中に呟くと、それまでぐっすり眠っていた筈の稲生正武が、

「うわぁあああ〜ッ」

絶叫とともに、飛び起きた。

「殿！」

「どうした、次左衛門」

「許してくれ、常陸介ッ」

「常陸介などおらぬ、次左衛門」

悪夢に魘されたらしい稲生正武を宥《なだ》め、

「ゆっくり寝るのだ」

寝床に戻そうとするが、稲生正武の不安げな目はじっと三郎兵衛を見つめ返す。

「しかし、常陸介が……」

「しっかりせい、次左衛門」

その目を覗き込んで三郎兵衛は言うが、稲生正武は一向《いっこう》聞き入れようとしない。日頃冷徹な能吏を、どうしたらここまで怯えさせることができるのか。

「常陸介など、何処にもおらぬのだ。安心して、寝よ」

それでも三郎兵衛は根気よく繰り返した。

だが、そのとき、

「常陸介でございますっ。常陸介が戻ってまいりましたぞ、殿ッ」

庭先から、突如頓狂な叫び声が起こり、三郎兵衛の苦心を台無しにした。

「常陸介がまいりました、松波様」

稲生正武は一層怯えて声を震わせ、

(どういうことだ?)

三郎兵衛は内心首を傾げた。

伊賀者とお庭番とで厳しく警護を固めた庭に、常陸介を名乗る不審者が侵入できたとは、一体どういうことだろう。

それとも、侵入者の正体は、稲生正武の言うとおり、地獄から甦《よみがえ》ってきた常陸介なのか。

「常陸介が戻ってまいりましたぞ、殿ッ」

その声は、到底亡者のものとは思えない。生身の人間のものだろう。

「曲者が侵入したというのに、伊賀者とお庭番はなにをしておる？」

「伊賀者とお庭番は身を潜めております」

「なに？」

「曲者が近づきやすいようにと、わざと不用心に見せかけておりますが、実際には、何人たりともこのお部屋に近づくことはできませぬ」

桐野が答えたときには、声の主は既に捕らえられるか斬られるかしたのだろう。

それきり、常陸介を名乗る男の怒鳴り声は聞こえてこなくなった。

第四章　駒木根家の秘密

一

「あ！」

勘九郎がつと口走ったとき、当然銀二も同じ方向を向いていた。

「………」

そして、唖然とした。

いまどき珍しい贅沢《ぜいたく》な黒羽二重《くろはぶたえ》を纏《まと》った大店《おおだな》の主人風情の男が、満面の笑みで往来を行く。言うまでもなく、九蔵だ。それはいい。お尋ね者という自覚もなく白昼の盛り場を行く。そういう男だ。

だが傍《かたわ》らには、手代風の小柄な男が侍《はべ》っている。その棒縞《ぼうじま》の貧相な手代の顔に、二人は――とりわけ銀二は驚いたのだ。

文六だった。

まさか、松波家から逃げた九蔵と文六がいまなお一緒にいるとは思わなかった。

しかも、ひどく親しげな様子であった。

松波の屋敷を出てまだほんの数日しか経ってないというのに、いやに羽振りがよさそうなのも気になる。

(文六は、文蔵《ぶんぞう》親分に拾われて、九蔵とは兄弟同然に育ったそうだから、まあ無理もねえか)

銀二は漠然と思ったが、無論口には出さなかった。

(それにしても……)

それより銀二にはもっと気になることがある。

(俺が一人で捜し回ってたときはさっぱりだったのに、若と一緒になった途端、これだ)

それを承知で、勘九郎に文六捜索を命じたとすれば、三郎兵衛の炯眼《けいがん》には驚かされるばかりだ。

無論勘九郎はなにも気づいていまい。気づくどころか、何一つ不思議にも思っていない筈だ。

銀二と勘九郎は、ともに無言で二人のあとを尾行《つ》けた。

享保以来の倹約令の手前、閉めている店も少なくないが、廣小路の人出《ひとで》に変わりはない。

「あいつら、本当に逃げたのかな？」

しばらく黙って歩いていたが、勘九郎がふとした疑問を口に出した。

「え？」

「あれが、町方につき出されるのが恐くてうちから逃げた奴らなのか？　いやに楽しそうじゃないか」

「…………」

「少なくとも、町方を怖がってるようには見えないなぁ」

「九蔵は馬鹿なんですよ。てめえがお尋ね者だって自覚がねえんです」

「だったら、別に逃げる必要ないじゃないか」

「…………」

「だって、お尋ね者の自覚がないんだろ？　町方につき出されるなんて、夢にも思ってないんじゃないか？」

「そ、それは……」

「だから、逃げたわけじゃなくて、うちがいやになったから、出てっただけなんじゃねえの？」

「そんな……さんざ世話になっといて、いやになって出てくなんて、そんな罰当たりなことは許されませんよ、若」

「だって、屋敷は退屈じゃないか。飯だって、町場のものよりずっと不味《まず》いし……親分みたいに賑やかなとこが好きな人には、屋敷の暮らしは向いてないよ」

「だとしても、文六の野郎と一緒にいやがるなんて……」

　銀二は話題を変えようとした。

　ここで勘九郎に同意すれば、屋敷で出された食事が不味かったと銀二も認めることになる。それだけは、できれば避けたい。

「しょうがないだろ。親分、金持ってなさそうだから」

「え？」

「二人でひと仕事する気なんじゃねえの？……いや、もうしたのかも……いい着物着て、なんだか妙に羽振りよさそうだもんな」

「まさか」

「だって、親分は別に、盗っ人稼業から足を洗ったわけじゃないんだろ」

「それは、そうですが」

「だったらそろそろ仕事をしないと。貯《たくわ》えなんてなさそうだし、それに……」

そこまで言うと、勘九郎の口許は無意識に弛《ゆる》んだ。

「それに、ついこのあいだまで、《吉《きち》》とかいう妙な奴に操られて、銀二兄《にい》を追いかけまわしてたんだし……」

「違ぇねえ」

銀二もつられて口許を弛めた。

その話は、家の中ではなんとなく憚《はばか》られ、とりわけ三郎兵衛の前では禁句となっている。不愉快なことを思い出させるからにほかならない。

「祖父《じい》さんも、案外執念深いよな」

「仕方ありやせんよ」

銀二は軽く肩を竦《すく》めて言い、それきり、ともに再び口を噤《つぐ》んだ。

前を行く二人との距離が少しひらいた。これ以上離されぬため、足を速める必要があったのだ。

廣小路を抜けた九蔵と文六の二人は、千鳥橋《ちどりばし》を渡り、どうやら堺町《さかいちょう》方面へ足を向けている。

「中村座《なかむらざ》に行くようですね」

「親分、芝居好きなんだな」

勘九郎と銀二もそれに続く。

大店の主人やその女房の芝居見物といえば明六《あけ》ツから夕《ゆう》七ツくらいまで、ほぼ一日がかりになるものだが、今日は既に昼九ツ近くになっている。この時刻から桟敷席に上がるのは無理だろう。

九蔵たちは、どうやら木戸銭を払って安い席で見るつもりらしい。

仕方なく、勘九郎と銀二も木戸銭を払って中に入った。

折角苦労して見つけたのだ。いま二人から目を離すわけにはいかない。

昼時の幕間になると、桝《ます》や土間《どま》席の客たちも弁当を食べる。芝居茶屋から、桟敷席の客に届く弁当とは雲泥の差であるが。

「後半の演《だ》し物は世話物だよな。思いっきり艶《つや》っぽいやつだといいな」

「時代物じゃなくてよかったんですかい。世話物だと、派手な殺陣《たて》がありやせんよ」

「派手な殺陣を歓ぶほどガキじゃねえよ」

「そうですかい?」

「なんだよ、その顔。どうせガキだと思ってんだろ」

「思ってませんよ」

「いや、絶対思ってる顔だね」

握り飯を頬張《ほおば》りながら益体《やくたい》もない話をしていると、

「何故呼べぬのだッ」

ひと際馬鹿でかい怒声が、小屋じゅうを席巻した。

（何事だ？）

と首を傾《かし》げるまでもなく、

「いやしくも、直参《じきさん》たる儂を軽んずる気かッ」

怒声は続く。

どうやら、桟敷席に理不尽な客が来ていて、一座の者たちを困らせているらしい。

「勘三郎《かんざぶろう》を呼べと言っておるのが、わからぬかッ」

周囲が懸命に宥《なだ》めているようだが、一向に静まらない。桟敷席では酒肴《しゅこう》を愉しみながらの観劇も可能であるから、或いは酒を過ごしているのかもしれない。

「役者が、贔屓《ひいき》客の席へ挨拶に参るのは、当然ではないのかーっ」

どうやら、幕間に役者を呼びつけようとしているようだ。

「儂は、直参旗本・駒木根家の当主にして、天下の大目付、駒木根政方なるぞッ」

（なに、駒木根だと？）

耳に飛び込んできた名前に、勘九郎は思わず耳を留める。

（駒木根って確か、この前祖父さんと稲生のおじさんとで見舞いに行った屋敷の主人だったよな。あれからまだ、十日も経ってねえぞ。病は治ったのかよ？）

「若？」

無意識に腰を上げた勘九郎を、銀二が呼び止める。

「ちょっと、見てくる」

短く断って席を立つと、声のするほうに向かって、勘九郎はふらふらと歩き出した。

桟敷席は入口が違うため、木戸から入った客が上がることはできないが、客の顔がよく見えるところへ移動することは可能だ。

もっとも、勘九郎は駒木根政方の顔を知らないから、見たところでそれが本人かどうか、確認することはできないのだが。

真下では見えにくいので、舞台下手《しもて》にまわり込むと、桟敷の上席がよく見えた。

その周辺に何人か群れている者たちの背後でしばし彼らの話す言葉に耳を傾ける。

「あいつ、また騒いでやがる」

「このところ、毎日のように来てやがるな」

「ったく、傍《はた》迷惑な野郎だぜ。直参だとかぬかしてるが、どうせ嘘だろ」

「ああ、あんな行儀の悪い直参がいてたまるかい」

遊び人風の若い客たちは、口々に桟敷の客の悪口を言っていた。

(行儀の悪い旗本なんざ、大勢いるぜ)

思わず口に出したくなる言葉は胸に呑み込み、勘九郎は黙って聞いている。

このところ毎日のように、と言うところを見ると、彼らもまた、日参しているのだろう。通常、木戸から入る客は金も暇もない輩《やから》だというが、どうやら彼らには暇だけはあるらしい。

「あの旗本、そんなに毎日来てるのかい?」

何気ない口調で、勘九郎は彼らに問うてみた。

「ああ、来てるよ。酒癖が悪くて、昼の幕間には必ずああやって大騒ぎするんだ」

「ったく、やかましくてかなわないよ」

「二本差しだからって、でかい面《つら》しやがってよう」

「天下の大目付とか言ってるけど?」

「どうせ大法螺《おおぼら》に決まってらあ」

「ああ、大目付様ほどのお人が、芝居小屋でごねたりするもんかい」

「そうだよな。どうせ、口から出任せの法螺だよな」

と、遊び人たちに同調しながらも、

(けど、法螺を吹くなら吹くで、もっと世間によく知られた名を名乗るもんじゃないのか？……なんでわざわざ駒木根なんて名乗るのかな？)

勘九郎は内心小首を傾げた。

そもそも、武士が町人たちの遊興の場に出入りするなど、あまり自慢できることではない。

乗物で乗り付ける場合も家紋を隠して微行《おしのび》で来るのが常である。何処《どこ》で誰が聞いているかもわからぬのに、大声で名を名乗るなど、以ての外の愚行であった。

(しかも、大目付とまで言ってしまうなんて、どうかしてるぞ、駒木根政方――)

辛うじて仰ぎ見た駒木根政方は、白髪の老爺《ろうや》ながらも酒の酔いで血行がよくなっているせいか極めて顔色がよく、到底病人とは思えぬ風情であった。

(どっかの酔狂な金持ちが、直参を名乗って芝居小屋に日参してるのだとしても、一応祖父さんには報告すべきだな)

と考えながら、勘九郎は銀二のいる枡席に戻った。

九蔵と文六は二つ前の席だったが、二人の存在には全く気づかず、駒木根政方が騒いでいるのもまるで気にならぬようだった。

「駒木根政方が中村座におっただと？」

一応問い返しはしたが、三郎兵衛はさほど興味を示さなかった。

興味を示さず書見を続ける。

「ああ、このところ毎日のように通いつめてるって聞いたけど」

勘九郎もわざと暢気《のんき》そうな声音で答えた。あくまで、九蔵と文六を追っている最中にたまたま遭遇した、ということを強調したかったのだ。三郎兵衛を無用に警戒させないためである。

勘九郎とて、祖父が何故、銀二とともに九蔵を捜すよう自分に命じたか、その本心くらい、すっかりお見通しだった。要するに、勘九郎を蚊帳《かや》の外に追いやって、肝心なことには関わらせたくないに違いない。

「けど、あんなに酒癖が悪いなんてな。相役なんだから、祖父さんが注意してやれよ」

「馬鹿な。あの死に損ないが、芝居など観に行くものか」

案の定三郎兵衛は頭から信じていない様子であった。

「少なくとも、死に損ない、って感じじゃなかったぜ。小屋じゅうに響き渡るばかでかい声で騒いでたしな」

口調を変えずに勘九郎は言う。

「なに、ばかでかい声だと?!」

三郎兵衛はさすがに書見台の紙面から顔をあげ、勘九郎を見た。

「あの弱々しい病人が、どうしたら、ばかでかい声など出せるというのだ。……それに、芝居道楽だなどとは聞いておらぬぞ」

「治ったのかもしれないし、もしかしたら、はじめから仮病だったのかもな」

「仮病？　なんのために？」

三郎兵衛は忽ち混乱した。

勘九郎がでまかせを言っているとは思えないが、手放しで信じるわけにもいかない。もし信じてしまったら、己が見た駒木根政方は一体なんだったのか。あれが仮病だと言うなら、三郎兵衛の目は節穴だったということになる。

それだけは絶対に認めたくなかった。

「なんのためかって、そりゃあ、勤めをさぼって芝居見物に行くためだろ」

だが、勘九郎の答えはあくまで冷静で残酷だ。

「そこまで芝居好きなら、次左衛門の耳にも入っている筈だ。だが、奴はなにも言っていなかったぞ」

「だったら芝居は、急に気が向いて観に行って、それでお気に召したのかもな」

「…………」

視線は紙面に戻していても、最前から頁はちっとも進んでいない。

「まあ、全くの別人かもしれねえけど」

「別人だと？」

「だって、いくら酒癖が悪いからって、芝居小屋で堂々と本名を名乗った上に、自分が大目付だなんて口走るか、普通《かた》？」

「では何者が、駒木根の名を騙って芝居小屋で騒いでいるというのだ？」

「何者かは知らねえけど、駒木根って人に恨みがあることは間違いねえな」

「なるほど。人前で醜態を曝し、駒木根の評判を地に堕《お》とそうとの魂胆か。些《いささ》か迂遠《うえん》な手段ではあるがな」

「全くの別人ならまだいいよ。でも、万が一本人だったらどうするよ？」

「ううむ……確かに桐野も、まるで人が変わったようだ、と言うておったな」

三郎兵衛は頭を抱えたくなった。

「ったく、なにを考えておるのだ、駒木根め」

「兎に角一度見てくれないかな。俺は駒木根って人を知らないから、本人かどうか確認できないよ」

「…………」

勘九郎の言葉に一旦は納得した筈の三郎兵衛だったが、更なる申し出を聞いた途端ふと表情を曇らせる。

「どうした、祖父さん？」

「いや、いまは暢気に芝居見物などしている場合ではないぞ」

「なんでだよ。稲生のおじさんのほうは、一応ケリがついたんだろ」

「ケリがついた、とは言い切れぬ」

三郎兵衛は少しく眉を顰めた。

「え？」

勘九郎も同様に眉を顰める。

「悪戯《いたずら》だったんじゃないのか？」

窺《うかが》うように、勘九郎は三郎兵衛を覗き見た。

「昔、屋敷を追われた使用人が嫌がらせしてた、って桐野から聞いたけど、違うの？」

「確かに、自ら名乗ってきた者を一人捕らえた。一昨年まで次左衛門の屋敷で下働きをしていたそうだが、厨《くりや》で盗み食いをしていたのを見つかり、屋敷を追われたそうだ」

「それを恨んで、嫌がらせしたんだろ」

「だが、次左衛門は見覚えがない、と言っておった」

「おじさんのとこは家来の数が多いから、下働きの一人一人まで、いちいち覚えてないだろ」

「そうかもしれんが、そやつの言うことは矛盾だらけだ。そもそも、伊賀者とお庭番で鉄壁の守りを固めている屋敷に、一介の小者がどうやって侵入できたのだ」

「そりゃあ、長い間寝起きしてた屋敷なんだから、出入りくらいできるだろうよ。抜け道とか知ってるのかもしれないし——」

「だとしたら、伊賀者とお庭番は全く仕事をしていないことになるが、それは兎も角、こやつ、団栗を膳に置いたのは自分だと認めながら、肝心の毒の件だけは己の仕業《しわざ》ではないと言いおった」

「毒は、さすがに悪戯じゃすまねえからだろ。団栗の独楽《こま》だの、おじさんが寝てる耳《みみ》許《もと》に『常陸介でございます』と囁いただの、そんなの悪戯ですむけど、毒はさすがに悪戯じゃすまないから、それでとぼけてるんじゃないのかよ」

「いや、毒の件だけは、確かにそやつの仕業ではないのだろう。南蛮渡来の毒など、誰にでも手に入れられるものではないからのう。……では、一体誰の仕業だ？」

「…………」

「毒を盛ったのが何処の誰かわからねば、すっかりカタが付いたとはいえぬ」

「だったら、そいつの後ろに黒幕がいるんだよ。毒は黒幕が用意したんだ。そいつを締め上げれば、何《いず》れ吐くんじゃないかな」

「だとよいのだがな……」

「なんだよ？　なにが気になってんだよ？」

「別に、なにがというわけでもないのだが……まだまだ、わからぬことが多すぎるのだ」

　と言い淀む三郎兵衛の煮え切らなさを、勘九郎はしばし無言で見守った。

（どうしちまったんだ、祖父さんは？）

そんな祖父をしばし歯痒《はがゆ》く思ってから、

「けどよう、本当に殺す気だったのかな?」

勘九郎はふと口調を変えて言う。

「南蛮渡来の毒っていうけど、本当に殺す気だったと祖父さんは思うか?」

「なに?」

「折角、指を舐める癖を利用して紙に毒を含ませるなんて芸当までしてのけてるんだぜ。本気で殺す気なら、絶対に助からないような猛毒を、致死量含ませるんじゃないのかな。少なくとも、俺ならそうする」

「………」

「それをしてねえってことは、はじめから殺す気なんかなかったんじゃねえの?」

「殺す気もなくて、何故毒を盛る?」

「脅しだろ」

「なんのための脅しだ?」

「なんのためって、それこそ祖父さんに訊きたいよ。大目付を脅して、身動きできなくさせて得する奴って誰だよ?」

「大名…だろうな。なにか、後ろ暗いところのある大名だ」

勘九郎の問いに答えながらその一方で、三郎兵衛もまた、別の思案を重ねている。

「じゃあ、どうすれば、そいつをあぶり出せるんだ？」

「とりあえずは、そいつの思惑に乗ることだな」

勘九郎の問いに即答したときには、三郎兵衛の考えもまとまりつつある。

「思惑に乗るってことはつまり、稲生のおじさんは毒殺未遂にビビって、なんにもできねえ状態になってりゃいいってことだよな？」

「まあ、そうだな」

「だったら、そうすりゃいいだろ。そいつの思惑どおりにしてやればいい」

「それで？」

「とぼけるなよ。そのあいだに、桐野になにか調べさせてるんだろ」

「…………」

「そいつら……後ろ暗いところのある大名は、稲生のおじさんを脅しておいて……」

そこまで無意識に言葉を吐いていた勘九郎は、ふと何かに気づいて言い淀む。

「なんだ？」

もとより三郎兵衛は、勘九郎のその表情を見逃さない。

「次左衛門を使いものにならなくしておいて、どうするというのだ？」

「知らねえよ」

「知らぬわけがないな」

「…………」

口を閉ざした勘九郎を見つめる三郎兵衛の顔つきと口調は、いつしか常のものに戻っている。

「儂としたことが、お前に言われるまで全く気づかなんだ。迂闊《うかつ》であったわ」

「俺はなんにも言ってねえ」

「次左衛門を動けなくすれば、同時に儂も動けなくなる、ということだ」

三郎兵衛は至極あっさり言い放った。

勘九郎と話しているうちに、心中に蟠《わだかま》っていたものがほぐれ、明確な形を成しはじめている。

（つまり、標的は、今度もこの儂だということだ）

それがわかれば、話は早い。

稲生正武の件も、いまは頭の外においておこう。

「よし、明日はお前と一緒に中村座に行こう」

晴れ晴れとした顔つきで三郎兵衛は言い、その面上には不気味な笑みすら滲ませた。

勘九郎は、祖父の不敵な表情を歓びつつも、反面少しく恐れてもいる。

二

　だが、翌日中村座の枡席から桟敷席でふんぞり返る駒木根政方を見ても、三郎兵衛は首を傾げるよりほかなかった。

「どうした、祖父さん？　本人か？」

「…………」

「別人なのか？」

「わからん」

「え？」

「本人に見えなくもないが……よくわからん」

「もっと近くに行ってみるか？」

「いや、近くに寄ったところで、どうせ同じだ」

「なんでだよ？　つい最近会ったばっかりだろ」

「そうは言っても、大目付になってちゃんと顔を合わせたのは、先日の見舞いがはじめてだぞ。……勘定奉行の頃は、奉行同士が顔を合わせることなど滅多になかった」

「そうなのか？」

「だいたい、あの年頃の爺《じじい》など、皆、同じような顔ではないか」

「いや、それはいくらなんでも言い過ぎだろ。現に、祖父さんは全然同じようじゃねえし」

「次左衛門に言わせれば、儂のほうがおかしいそうだ」

「それはそうかもしれねえけど……」

「兎に角、お前は城勤めをしたことがないからわからんのだ。殿中ではな、同じような色の裃《かみしも》を着けた、同じような年頃の爺がごまんとおるのだ。見知らぬ爺の顔など、皆同じに見える」

「………」

三郎兵衛の暴言に、勘九郎は容易《たやす》く言葉を失った。

そういえば、

「勘三郎を呼べッ。呼ばぬかーぁッ」

というお馴染みの怒鳴り声が、今日は聞こえてこない。

小屋側が、さすがに根負けして、役者を挨拶に行かせたのだろう。但し、本人が熱望している座長ではなく、誰か別の役者なのだが、どうやら気づいていないようだった。

　呼びつけた役者が誰なのかもわからぬ自称・駒木根政方も、その顔を判別できないと言う三郎兵衛も、おそらく同類だ。人の顔の判別がつかなくなるのは、老いのはじまりといえるだろう。

（こんなことなら、わざわざ連れて来なきゃよかったかな）

　勘九郎は少しく後悔したが、

「そうだ」

　ふと思いついて三郎兵衛を顧みた。

「なんだ？」

「祖父さん、あいつのとこへ挨拶に行ってみればいいじゃないか」

「え？」

「『おぬしも来ておったのか、偶然じゃのう』とかなんとか言ってさ」

「何故儂があやつに挨拶せねばならんのだ」

「何故って、本人かどうか確かめるために決まってんだろ」

「近づいて言葉を交わしたところで、わからんものはわからんぞ」

「だから、なんでだよ。つい最近会ったばかりだろうが」

「いまとなっては、あのとき屋敷で会った駒木根が本物の駒木根かどうかもわからぬわ」

「なに言ってんだよ。本物じゃなかったら、一体誰なんだよ？」

「…………」

「いいから行ってみようぜ。祖父さんはわからなくても、向こうはわかるかもしれねえじゃねえか。……偽物なら、祖父さんの顔に見覚えがねえから、きっと目を白黒させるだろうぜ」

言うなり勘九郎は三郎兵衛の手を摑んで引き立てようとした。

「馬鹿を言え。どうせ桟敷へは上がれぬのであろうが」

三郎兵衛はあっさりその手をふりほどく。

「いいんだよ、上がれなくても。『いいから、上がらせろ。儂は直参旗本・松波正春だ』とでも騒いでたら、向こうから来てくれるかもしれないだろ」

「そんなみっともない真似はできん」

「いいから。……なんなら、騒ぐ役は俺がやってもいいから」

「ならば、一人でやれ。儂はいやだ」

「なんでだよ。あいつが本物かどうか、知りたくねえのかよ」

「知りたくない。どうでもよい」

「わかんねえ爺だな」

「なんだと！」

「あの男は本物です」

見かねた桐野が、不意に二人の背後からそっと囁《ささや》いた。

「本物の駒木根政方に間違いございません」

「え？」

「お疑いでしたら、芝居が終わった後、あの者を乗せた駕籠《かご》が何処へ帰るかお確かめになればよろしゅうございます」

芝居見物の客の一人を装って二人に近づき、必要最低限のことだけ言うと、桐野はすぐに去った。

「…………」

三郎兵衛と勘九郎は、しばし言葉を失った後、

「桐野って、一体何人いるんだろ？」

「本人に訊いてみろ。お前にならば教えてくれるかもしれぬ」

「祖父さんにだって教えてくれるだろ」

「儂は訊かぬ」

「なんでだよ」

「そんな馬鹿なことが訊けるか」

口々に言い合い、そして黙った。

幕が開いて、後半の芝居がはじまったのである。

終演後、三郎兵衛と勘九郎は結局乗物のあとを尾行けた。

桐野の言葉を疑う余地などないのだが、折角出向いてきたのだし、確認しようと言うことになったのだ。

「そういえば、九蔵のほうはどうなったのだ」

薄暮の中でも目立つ豪奢な蒔絵の乗物を追って歩きながら、ふと三郎兵衛が勘九郎に問うた。

「ああ、見つけたよ。そう言っただろ」

「見つけてどうしたのかを訊いておるのだ。銀二の奴、意地になっていたではないか」

「見つけて、隠れ家突き止めたから、もうどうでもいい、ってさ。二人とも、逃げる気ないみたいだし」

「なに？」

「銀二兄が言ったんだよ。別に、どうでもいいんだってさ」

「どうでもよいなら、何故あれほどむきになったのだ。よくわからぬ奴だのう」

「俺はなんとなくわかるな」

「ん？」

「銀二兄は、このひと月くらいずっと九蔵親分と連《つる》んでたから、妙な仲間意識が芽生えちまったんじゃないのかな」

「仲間意識だと？」

「それなのに、無断で逃げられたもんだから、意地になってたんだ」

「銀二は元々一人働きの盗っ人だぞ」

「知ってるよ」

「誰とも連まず、己一人を恃《たの》みとしてきた海千山千《うみせんやません》の盗っ人だ。だからこそ、大岡様に目をかけられて密偵となった。人を見る目もある。そんな男が、それほど容易く他人を信用するか」

「九蔵親分だからじゃないかな」

「九蔵がどうした？　ただのたわけではないか」

「たわけだからさ」

と鸚鵡《おうむ》返しに言って勘九郎はクスリと破顔《わら》う。

「九蔵親分て、強面《こわもて》なのに、なんか憎めないところがあるだろ。しかも、銀二兄にとっては、尊敬する親分の子だったたわけだし……」

「だから、手放しで信用したというのか」

「手放しってわけでもないだろうけど……」

「もしそうだとすれば、銀二もまだまだ青いということだ。見損なったぞ」

「そういうこと言うなよ。銀二兄だって、生身の人間だろうがよ」

「…………」

三郎兵衛が一瞬間口を噤んだ。

駕籠は、既に目指す屋敷の外塀にさしかかっている。

しばし黙って駕籠のあとを追った。

「入ったな」

「ああ、入ったね」

三郎兵衛と勘九郎は口々に言い、顔を見合わせる。

蒔絵の駕籠が吸い込まれていった先は、三郎兵衛も少し前に訪問した駒木根家の表門にほかならなかった。

すべては桐野が言ったとおりで、驚くには値しない。はじめからわかりきっていた筈なのに、よく似た祖父と孫は、わかりきっていたその事実に落胆してしまった。

「さて、このあとどうする？」

「いっそ、これから駒木根家を訪問する、ってのはどうだ？」

「よい考えとは思うが、無理だな」

「なんでだよ？」

「旗本屋敷を訪問するのであれば、それなりの身形《みなり》というものがある」

と言った三郎兵衛の服装は白絣《しろがすり》の着流しに袖無し羽織という微行の定番。勘九郎のほうも、着古した稽古着のような木綿《もめん》の小袖にろくに火熨斗《ひのし》もかけていない皺くちゃ袴《はかま》という有様だ。

どこから見ても、貧しい下級武士の親子である。

「こんな身形で、五千石の旗本屋敷を訪問できるか」

「面倒くせえな」

さも面倒くさそうに言いつつも、そのとき気配を察した勘九郎は無意識に身を処し

た。即ち、刀の柄に手を掛けつつ、目顔《めがお》で三郎兵衛に、

「どうする?」

と問いかけたのだ。

三郎兵衛もまた、油断なく身構えながら鯉口《こいぐち》を切っている。

敵が近づきつつあることには、随分前から気づいていた。

「どうもこうも、黙って帰してくれる相手と思うか?」

「まあ、無理だろうな」

「では、為すべきことは一つしかあるまい」

「面倒くせえ」

さも億劫《おっくう》そうに言い返したのが、勘九郎の本音であった。このところ、祖父と外出すると、必ず刀を抜く羽目になる。

「せいぜい五、六人だ。たいした手間ではない」

「だといいけどな」

勘九郎が口中に軽く舌を打ったとき、彼らの行く手を無言で阻む者たちが現れる。

黒装束に抜き身。六名。

勿論、最初の刃が三郎兵衛と勘九郎の間合いに届く以前に、二人はともに抜刀して

いる。

　グッ、
　がじゅ、
　鋼を鋼で受け止める音が薄暮の中に響いた次の瞬間、

「ぐがはッ」

「グゥゲッ」

　黒装束の二人が、同時に断末魔の呻《うめ》きを漏らすことになる。

　三郎兵衛と勘九郎は、ほぼときを同じくして最初の敵を仕留め、直《す》ぐ次の敵に向き直った。

　残る四人は、明らかに狼狽《うろた》えていた。或いは、楽な仕事だと聞かされて安易に引き受けたのかもしれない。

「おおりゃあーッ」

　三郎兵衛の放つ裂帛《れっぱく》の気合は彼らの動揺と不安に拍車をかける——。

「うぅりゃあぁーッ」

　勘九郎もすぐそれに倣《なら》うと、気合とともに次の敵を真正面から袈裟懸《けさが》けに斬りつけた。

「うわッ」

そいつは慌てて後退《あとずさ》る。

一度萌《きざ》した恐怖心はときが経つほどに弥増《いやま》すばかりだ。

「どりゃあーッ」

気合とともに放った三郎兵衛の切っ尖が、敵の刃をへし折りながら叩き落とすと、
最早《もはや》そこまでが限界だったらしい。

「…………」

残りの敵は自ら刃をひき、踵《きびす》を返して逃げ出した。

「なんだ、あいつら」

「どうやら、報酬を値切りすぎて、ろくでもない者しか雇えなかったらしいな」

「え？」

「儂らが駒木根の屋敷に近づいたら襲うという約束なのだ。急いで人数を揃えたのであろう」

「約束？　誰との約束だよ？」

「それがわかれば苦労せぬわ」

本気か冗談かもわからぬ無表情で応えつつ、三郎兵衛は刀を鞘に納めた。

祖父の言うことが理解できぬまま、勘九郎も黙ってそれに倣うしかない。

三

日本橋を出発し、大木戸《おおきど》を出て甲州路《こうしゅうじ》方向へ進むこと四里。高井戸宿《たかいどじゅく》は、素通りされることの多い宿場であった。殊に、元禄《げんろく》十年、内藤新宿《ないとうしんじゅく》が設けられてからは泊まる者がめっきり減り、宿場としては完全に廃《すた》れた、といえる。どうせ泊まるなら、色街として栄える内藤に泊まりたいと思うのは、旅人の大半が男である以上、致し方のないことであった。

だが、大木戸を出ても、日帰りで行ける距離であることは、実はなかなかの魅力である。

調布《ちょうふ》や府中《ふちゅう》なら一泊を覚悟しなければならないが、四ッ谷《よつや》近辺に住む者にとっては充分生活圏となる。泊まる者が少なくとも、廃《はい》されては困る者が確実に存在するのだ。

そこで、本来二つの宿場に分けられていた下高井戸宿と上高井戸宿の二つの宿場が、月の前半と後半とをそれぞれ受け持つこととなった。

ともに、旅籠《はたご》の数は四～五軒にすぎないが、二宿の合宿とすることで、宿場の機能はかろうじて保たれた。

その月の、月初から十五日までを受け持つ下高井戸宿の東のはずれに、「正法寺《しょうほうじ》」という小さな禅宗の寺があり、地元では「山寺さん」と呼ばれている。

山寺といっても、深い山中にあるわけではなく、宿場はずれの小高い丘に建っているだけのことなのだが。

そして、その日桐野が三郎兵衛と勘九郎を連れて行ったのは、下高井戸宿の「山寺さん」にほかならなかった。

「こんなところまで連れて来て、どういうつもりだ、桐野？」

三郎兵衛は終始機嫌が悪かった。

なにも知らされず、ただ黙って従え、という状況を、三郎兵衛は最も嫌う。

そもそも、如何に桐野の申し出とはいえ、なんの説明もなしに下高井戸くんだりまで足を運ぶこと自体、愉快ではなかった。

（こやつは近頃調子に乗っておる）

とまで思った。

そんな三郎兵衛の心中など夢にも知らぬ勘九郎が、

「なあ、何処行くの、桐野？」

　と、童《わらべ》のような無邪気さで問いかけているのが、更に不快であった。

　桐野は遂に答えず、二人を下高井戸まで誘《いざな》った。

「こちらの寺に、《吾助《ごすけ》》と呼ばれる寺男がおります。幼少の頃寺に預けられ、以来六十年余、ここで暮らしてまいりました」

　寺の山門を潜《くぐ》りながら、漸《ようや》く桐野が口を開いた。

「それがどうした？」

「お会いいただきとうございます」

　桐野は言い、だが三郎兵衛のほうなど一顧だにせず、自ら歩を進めて行く。

　石段を上がり、山門を潜《くぐ》って本堂のほうへ向かう途中に、風雅な草庵風の小さな小屋がある。

「こちらでございます」

　と三郎兵衛に言ってから、

「吾助殿ッ」

　桐野は小屋の戸を訪《と》うた。

「おい、桐野、どういうつもりだ？」

「吾助殿ッ」

三郎兵衛の苦情を一切無視して、桐野は訪い続ける。

「何故寺男などと会わねばならぬのだ？」

三郎兵衛が更に苦情を言い募ろうとしたとき、戸が開き、中から吾助が顔を出した。

「え？」

顔を出した寺男の吾助をひと目見て、三郎兵衛は即ち絶句する。

「…………」

吾助のほうも当然絶句したが、同時に困惑もしたようだ。

「松波様」

不用意に口走ってしまったのは、人の好さ、育ちの好さ故であろう。

「肥後守殿？」

三郎兵衛は戸惑った。

近くで見ても多分わからない、と言ってしまったが、ここまで近寄り、しかも目を合わせてしまえば話は違う。

「まさか、肥後守殿か？」

「はい」

焦げ茶の作務衣《さむえ》を身に着けた寺男姿の駒木根政方は、素直に頷いた。

「何故こんなところにおられる?」

「………」

「どういうことだ、桐野?」

駒木根政方は例によって蚊《か》の鳴くような小声でなにか答えたが三郎兵衛の耳には届かず、三郎兵衛は桐野を顧みた。

「ご覧のとおりでございます」

眉一つ動かさずに桐野は言い、

「こちらが、正真正銘、駒木根肥後守様でございます」

焦《じ》れた三郎兵衛が怒鳴り出す前に、更に続けた。

「詳しくは、肥後守様からお話しいただけますでしょうか」

「まずは中にお入りくだされ、松波様。……斯様《かよう》にいぶせき住まいではござるが」

今度ははっきりと聞き取れる声音で言い、駒木根政方は笑顔を見せた。そういえば、以前屋敷で見たときとは別人のように顔色がいい。

「失礼いたす」

招かれるままに、三郎兵衛は掘っ建て小屋のようにも見える家の中に入って行った。

勘九郎と桐野もそれに続いた。

四

駒木根政方は双子で生まれた。

それ自体はさして珍しいことではなかった。元々双子は不吉なものとされ、片方は養子に出されるなどして、外で養育されることが多い。

この時代、幼児は病《やまい》に罹《かか》りやすく、罹ればすぐに死んでしまう。そのため育つのが難しいこともあり、大名家や有力旗本の家などでは、世嗣《せいし》が夭逝《ようせい》したときの用心に、双子の片割れを密かに養育させるのはよくあることだった。

駒木根家の場合は、一歳の嬰児《えいじ》が一家の当主であったから、事情はより切実であった。

そのため双子の片割れは、江戸からほど遠からぬところにある寺に預けられた。

幼児のあいだは、当主の身に万が一のことがあってもすぐ成り代われるよう、武家に必要な教育を施されて育ったが、やがて政方が元服し、出仕し、嫁を迎えて後継ぎの子を成すと、次第にその存在は忘れられた。

駒木根家は正法寺の檀家ではないので、子を預けるにあたって、かなりの金子《きんす》を寄進していた。

そのため、存在を忘れられてしまったからといって、無下《むげ》に追い出すわけにもいかない。

かといって、いつまでもお客扱いをしてくれるほど、優しくもなかった。

いつの頃からか、政方の双子の片割れは「吾助」と名付けられ、寺男のような仕事をするようになった。

寺男の暮らしが長くなれば、いつしか己の出自も忘れてしまう。そもそも、その時点で当人がどこまで知っていたかは定かでないが。

ともあれ、政方の片割れは六十余年ものあいだ、正法寺で暮らしていた。

駒木根家の中でも、その秘事を知る者は殆どいなくなったが、ふとしたことから、政方本人が双子の片割れの存在を知ってしまった。「長三郎《ちょうさぶろう》へ」と書かれた、懐かしい亡父の書付を、土蔵の長持の中から発見した。同時に、「長四郎《ちょうしろう》へ」と書かれたものも、発見した。

長三郎は、政方の若い頃の通称だ。では、長四郎とは一体誰だろう。はじめは、晩年もの忘れがひどくなっていた亡父の書き間違いかとも思った。

しかし一度気になりはじめるとどうにも好奇心を止められない。

「長四郎とは誰だ？」

屋敷で最古参の用人を問い詰めるまでに、さほどのときは要さなかった。齢《よわい》八十近い用人は、主人の年齢を考えれば、最早隠す必要もなかろうと思ったか、存外あっさり、駒木根家の秘事を吐いた。

「なんと、双子の弟とな？」

政方は相応の衝撃を受けたが、すぐ別の感情に取って代わられた。

即ち、驚きのあと、「弟に会ってみたい」という当然の願望が興《おこ》ったのだ。

なんといっても、この世でたった一人、血を分けた兄弟なのだ。己の寿命があとどれくらいあるのかはわからぬが、かなりの末期にさしかかっていることは間違いない。

そんなときに兄弟の存在を知ったのは、最早運命なのだ。

一度興ったた感情は時を経てもおさまることなく、募ってゆくばかりであった。

「彼《か》の御方がご壮健でおられるかどうかはわかりませぬ」

最古参の用人は無感情に言ったが、

（屹度《きっと》生きている）

と政方は信じた。

それこそ、血の絆《きずな》というものかもしれない。

遂に意を決した駒木根政方は寺の場所を知る者とともに、微行で正法寺を訪れた。

「…………」

互いをひと目見た瞬間の名状しがたい感情は、一言では到底言い表せない。

それは、驚きでもあり戸惑いでもあり、鏡に映る己を見るかの如き静けさでもあった。

育った環境は全く違うというのに、背丈などの体型に大差がなかったのは奇跡であった。白髪の具合もそっくりだった。

「あ…兄上でございますか？」

やがて吾助は、両目にうっすらと涙を滲ませながら政方に問うた。

立派な武家の身形をした政方を目の前にした途端、『論語《ろんご》』や『孟子《もうし》』等、武士の教えを授けられて育った遠き日の記憶が甦《よみがえ》ったのだ。

あの当時、彼の身のまわりの世話をしてくれた供《とも》の者は、

「いつかお兄上様にお目にかかるときのために、立派な武士になるのですよ」

と言い聞かせた。

天涯孤独に思える自分に血の繋がった兄がいて、いつの日か会えるかもしれない、

という夢は、孤独な少年にとってただ一つの生きる縁《よすが》であった。

だが、その供の者もいつしかいなくなり、寺の僧侶たちは彼に学問を教えることをやめた。その代わり、宿坊の掃除や僧衣の洗濯、炊事などを手伝うよう命じられた。

学問はそれほど好きではなかったし、働くことも苦ではなかったから、吾助は懸命に勤めた。

ただ、いつか実の兄に会えるかもしれない、という儚《はかな》い希望が永遠に潰《つい》えたことを、吾助は思い知らねばならなかった。

それから、長い長いときが流れた。

自分が何者なのかを考えることをやめて久しい吾助の前に、突然そのひとが現れた。

疑うことなく、「兄上」だと直感した。

「兄上…ですよね？」

無言で頷いてから、だが政方は、

（この場合、どちらが兄でどちらが弟にあたるのだ？）

ということを本気で悩んでいたのだが。

しかし吾助は、すぐに絶望的な気持ちに陥《おちい》った。

（駄目だ……）

　いまの自分はこの兄に釣り合うような武士ではない。兄は立派な武士なのに、自分はただの寺男だ。

「どうした？」

　浮かない顔で目を伏せた吾助を、政方は案じた。

「儂は、そちの兄の駒木根政方だ。会いたかったぞ」

「………」

「どうした？」

「私は武士ではありません。ご覧のとおり、卑しい寺男にすぎません。こんな私が、貴方様の弟である筈がございません」

「なにを言うか！」

　強い語調で政方は言った。

「そなたは儂の弟だ。間違いない。その証拠に、なにもかも、そっくりではないか」

　更に懸命に言い募った。

　なおも半信半疑な吾助を宥《なだ》めるため、互いの着物を取り替えてみた。全く違和感はなかった。

「兄上、お会いしとうございました〜」

感涙に噎《むせ》ぶ同じ顔の男が、せめて十九、二十歳の青年であったらよかったのに、と思わぬでもなかったが、そこは目を閉じて、己の二十歳の頃の容姿を想像することで満足した。但し、本来彼の通称である「長四郎」の名で呼ぶことは竟《つい》にできなかった。十九、二十歳の頃に再会していたなら、呼べたかもしれないが。

とまれ政方は、人生の終末にきて、血の繋がった兄弟を得た。その歓びを噛みしめながら時々顔を合わせ、残りの余生を幸福に過ごせる筈だった。

だが、何度か寺を訪れるうち、吾助にも欲が生じたのか、政方の身につけているものを欲しがるようになった。

政方は所詮殿様なので、下々の暮らしなどわからない。気の利く者なら、すぐに金を与えただろうが、吾助の本意がわからぬ政方は、求められるままに、己が身につけていた印籠や根付け、矢立などを与え続けた。

政方が正法寺を訪れるようになって四、五度目のときだったか。

吾助から、

「死ぬまでに、一度でいいから殿様の暮らしをしてみたい」

と泣きつかれた。

「一日でも二日でもようございます」

吾助は懸命に訴えた。

「兄上が、これまでどのように過ごされてきたのかを知りとうございます。それを、冥土《めいど》の土産《みやげ》にいたします」

と言われてしまうと、政方には断りきれなかった。

正法寺を訪れ、吾助の住む小屋を見るたび、

（もしかしたら、ここで暮らしていたのは儂のほうだったかもしれない）

と思う気持ちは否めなかった。

即ち、吾助に対する罪悪感にほかならなかった。

十四で元服、出仕し、親や祖父くらいの年の者たちに混じって城勤めをしてきた。正直辛くなかったと言えば嘘になるが、吾助の過ごした日々に比べたら、そんな辛さなど、ただの甘えに過ぎないだろう。

「では、試しに一日入れ替わってみるか」

溢れるような好奇心もあって、政方はつい同意してしまった。

もとより、吾助には、立ち居振る舞い、物腰所作の指導を十分に行った。加えて、己をよく知る家族や用人たちについての知識も与えた。

妻は既に亡くしていたし、後継ぎの息子夫婦ともそれほど顔を合わせる機会はない。

何故なら、病を理由に殆ど登城しなくなってからは、息子と夕餉《ゆうげ》をともにすることもなくなっていた。四十を過ぎた息子が突然父親を慕って寝間を訪れることもあるまい、と政方は判断した。

一日入れ替わってみたところ、なんの支障もなかった。それで次は丸三日のあいだ入れ替わってみた。

最初の一日は、政方は屋敷内に潜《ひそ》んで様子を窺っていたが、どうやら大丈夫そうだと思うと、自らも正法寺の寺男として一人住まいの小屋に赴《おもむ》いてみた。

存外、悪いものではなかった。

これがもし、五十代の頃のことであれば、もっとこき使われていたのかもしれない。だが、六十を過ぎた寺男に対して、僧侶たちは概《おおむ》ね優しかった。

「急がなくていいよ、吾助さん」

「ああ、その洗い物はあとで私がやるから」

「吾助さんは休んでて」

修行に来ている若い僧侶たちは皆、吾助を労《いたわ》ってくれた。

何度かの入れ替わりを経験するうち、政方は、寺男の暮らしも存外悪くないものだと思いはじめた。

なにより、自由気ままである。

屋敷では、用人や下働きの者たちがなんでもしてくれるし、痒いところに手が届くが、自由はない。屋敷の中では、いつも誰かの目が光っているからだ。

一人きりになれて、飲食も就寝も自分の意志で行えるこの暮らしが、政方はすっかり気に入ってしまった。

五

「吾助と頻繁に入れ替わるようになったのは、いつ頃からでござる？」

「半年前…くらいからでござったかのう。この寺にはじめて来たのが一年ほど前でございました故」

三郎兵衛の問いに首を傾げつつも、存外平然と駒木根政方は答えた。根っからの善人ではあるのだろう。

弟と入れ替わったのも、深い考えも悪気もなく、ただ頼まれたからそうしたに過ぎない。その結果、なにが起こるか、ということも全く想像できずに。

「半年ものあいだ、よく誰にも気づかれなかったものよのう」

「まことにのう」

駒木根政方は鷹揚に頷いた。その暢気な顔つきを見るうちに、三郎兵衛は猛然と腹が立ってくる。

（いくら弟が不憫だからといって、そもそも入れ替わるなど言語道断。こいつは、一体なにを考えておるのだ）

立場を代わるということは、即ち大目付の役も弟に代わらせるということだ。登城しないからかまわないだろう、という問題ではない。

「では、先日それがしと野州《やしゅう》とで御当家にお邪魔いたした折は？」

「あの日はたまたまそれがしが在宅しておりました。そのあとすぐに入れ替わりましたが」

「左様でしたか」

（あのときといまとでも、まるで別人のようだぞ）

すべてを聞かされたあとも、三郎兵衛の疑念はなお消えない。

（あのときは死に損ないのようだったのに、いまはえらく顔色がよいではないか）

或いは、こっちのほうがよく似た双子の弟なのではないかとさえ思えてくる。

「で、それ以降はずっと入れ替わったままでござるか？」

「ええ」

三郎兵衛の顔つきが無意識に険しいものになっていることに、駒木根政方は戸惑ったようだ。

「それが、なにか？」

「早急にもとにお戻りになり、金輪際《こんりんざい》入れ替わったりなさらぬことでござる」

「え？」

「貴殿と入れ替わった吾助が、毎日なにをしておるかご存知か？」

駒木根政方の鈍い反応に軽く苛立《いらだ》ち、三郎兵衛の語気はつい荒くなる。

「ご、吾助が、なにかしでかしておるのでござろうか？」

駒木根政方はさすがに顔色を変えて問い返した。

「しでかすもなにも、芝居小屋に日参しては、やりたい放題……」

「え、芝居小屋？」

三郎兵衛が途中で言葉を止めたのは、己の語気がきつすぎることに気づいたからだが、駒木根政方の顔から忽ち血の気がひく様子に心が痛んだせいでもある。

「寺の…寺の中しか知らずに育ったため、なにもかもが物珍しいので…ござろう。

……厳しく叱っておきまする」

駒木根政方が訥々《とつとつ》といいわけをするあいだ、三郎兵衛は口を噤んでいたが、それまで黙って話を聞いていた勘九郎が、そのときつと、その場に立ち上がった。

「なんじゃ？」

「話は、とりあえずそのへんにしといてくれないか」

「な、なにを言い出すのだ、唐突に――」

「唐突に、事態が変わったんだからしょうがないだろ」

「なにが変わったと言うのだ」

「察しが悪いな、祖父さん。……来るんだよ」

「来る？」

「刺客《しかく》だよ、刺客」

「なに、刺客？」

「聞こえねえのか、あの足音が――大人数がドカドカ山門を駆け上がって来るだろうが。あれが、寺にお詣りに来る奴の足音に聞こえるか？」

「………」

「わかったら、駒木根様には、少しの間、その押し入れの中にでも入っててもらえないかな」

勘九郎の口調は普段と少しも変わらないが、それは駒木根政方を無闇に脅すまいとする配慮であろう。

耳を澄ますまでもなく、足音は三郎兵衛の耳にも届いていた。

「いくらなんでも、押し入れの中は失礼ではないか」

三郎兵衛が些か慌てると、

「私も、それがよろしいかと存じます」

すかさず桐野が口を挟んだ。

「なんだ、桐野まで」

「本当は、もっと早く、安全なところまでお連れするつもりでしたが、思いの外《ほか》お話が長くなりました故――」

「間に合わぬか」

三郎兵衛は激しく舌打ちした。

本来ならばもっと早く気づくべきだったが、駒木根政方の話を聞くのに忙しかった。聞きつつ、駒木根政方の人の好さに半ば呆れ、半ば本気で憤《いきどお》っていた。

三郎兵衛とて生身の人間である以上、感情が昂ぶり過ぎると、意識が逸れることもある。

「我らもひとまず隠れましょう」

「え？」

桐野の言葉に、三郎兵衛は耳を疑った。

（なんだ、大袈裟な）

と思わずにいられぬ程度の気配しか、いまのところ感じられない。だいたい、派手に足音をたてて来るような連中は、刺客としては下の下であろう。有《う》象《ぞう》無《む》象《ぞう》が何人来ようと、恐れる必要などないはずだ。

「何故隠れる必要がある？」

三郎兵衛は納得できなかった。

「外で出迎えればよいだけの話ではないか。儂が一人で迎え討ってもよい」

「いいえ、外で迎え討てば人目に触れる怖れがあります」

桐野は静かに首を振る。

「それに、一人も逃がしとうございませぬ。外で迎え討てば、必ず、一人二人逃げる者がおります」

「よいではないか、逃げたとて。どうせ、有象無象だ」

「有象無象なればこそ、逃してはならぬのです」

「ではどうする？」

「我らも隠れて、様子を窺います」

「何故だ？」

「一体何処の何者が、寺男・吾助の命を狙っているのか、確かめねばなりませぬ」

「なに？　寄せ手は、我らの客ではないというのか？」

そこではじめて、三郎兵衛は顔色を変えた。

刺客が狙ってくるのは当然己だと思い込んでいた。実際、これまでは常にそうだった。だが、今日の客は違うというのか。

「お屋敷を出てここまで来るあいだ、尾行けられている気配は感じられませんでした。我らを狙って来たとは思われませぬ」

「そうか」

確固たる桐野の言葉を聞くうち、三郎兵衛にも漸く桐野の思惑が察せられてきた。察した以上は、黙って従うべきである。

狙われているのは、果たして寺男の吾助か、それとも駒木根政方その人なのか。その答えを桐野は欲しており、答え次第では、たとえ有象無象と雖《いえど》も、そのまま帰すわけにはいかない。逃げた有象無象が他所《よそ》へ行ってこのことを喋り散らさぬとも限らない。

おそらく桐野はそれを恐れている。

それ故、小屋の中に招き入れ、人目につかぬよう始末しようとしている。

(今更、駒木根家の秘事が漏れたところで、どういうこともない気はするがな)

三郎兵衛は思わぬでもないが、口には出さなかった。桐野の言うこと——その判断に、間違いはないはずだからである。

第五章　真　実

一

どだん、
と、乱暴に戸が蹴破られた。

ドカドカと荒々しい足音とともに飛び込んで来たのは、古びた着物に泥だらけの袴《はかま》という浪人風体《ふうてい》の者が十人近く。

我も我もとあとに続くものだから、さほど広いともいえない小屋の中は、忽《たちま》ち身動きもとれぬことになる。

後先も考えぬお粗末な行動を見ても、ろくな連中でないことは容易《たやす》く知れた。

「あれ？　誰もいねえや」

「肝心の爺《じじい》はどこだよ？」

「畑仕事にでも行ってんだろ」

「戻って来るまで、ここで待つのか？」

「しょうがねえだろ。人目につかないところでやれ、って言われてるんだから」

「まあ、いいじゃねえか。皺《しわ》っ首の爺一人たたっ斬るだけで十両だぜ」

「ああ、ちょろい仕事だ」

浪人たちは口々に言い合う。

どの男も、満面に不精髭《ぶしょうひげ》のむさ苦しい容子《ようす》ではあるが、どこか間の抜けた顔をしている。

「けどよう、そのちょろい仕事に、ちょっと頭数《あたまかず》多すぎじゃねえか？」

「雇い主がそうしろってんだから、仕方ねえだろ」

「誰がやっても、十両を山分けって約束だからな」

「わかってるよ」

金の話が出たところで、それまで楽しげに喋り合っていた浪人たちの言葉が途切れた。

十両を頭数で割ると一人一両程度。……そんな考えが、そのとき全員の頭を過《よぎ》ったことは間違いない。

「これだけの人数がいたって、爺にとどめを刺すのは一人だろ。とどめを刺した奴と、なんにもしてねえ野郎が同じ一両ってのは、不公平じゃねえのかなぁ」

誰もが思いながら、誰も口にできなかったことを、そのとき誰かが口にした。

「…………」

皆、一斉に、無言でそいつのほうを見た。

「あ……」

そして一斉に驚いた。

土間のへっついの陰から、そいつは不意に姿を現した。

年の頃は二十代半ば。格子縞《こうしじま》の木綿《もめん》の小袖にしわくちゃの袴という浪人風体ながら、どこか育ちのよさそうな、優しげな顔立ちをしていた。当然、不精髭も生やしていないし、鬢《びん》も綺麗に整っている。

浪人どもの仲間でないことは、一目瞭然であった。

「誰だ、てめえはッ！」

漸《よう》く気を取り直した浪人の一人が叫んだ次の瞬間、彼の鳩尾《みぞおち》に、そいつ――勘九郎の刀の柄頭《つかがしら》がめり込んでいた。

へっついの陰から飛び出した勘九郎が、素早くそいつの真正面に立ったのだ。

「ぐぅう……」

低く呻いてそいつは悶絶し、

「てめえ！」

「この野郎ッ」

「いつの間に！」

口々に喚《わめ》いて殺到した連中が、次の瞬間には揃って、

「ぐぅふッ……」

その場で腹を押さえて蹲《うずくま》る。

勘九郎の拳《こぶし》が間髪容《かんはつい》れず三人の土手っ腹にぶち込まれたのだ。

勘九郎がぶちのめした奴らが低く呻いて動けなくなったとき、実は小屋に乱入してきた浪人たちほぼ全員が次々と襲われ、昏倒していた。

三郎兵衛と桐野は小屋の入口で待機し、ドッとなだれ込んで来た浪人たちのその最後尾に紛れ込んでいた。

そのまま、気配を消してときを待った。

前にばかり気を取られていた浪人どもは、三郎兵衛らに全く気づかず、気づかぬま

ま、皆、突然後頭部を強打された。

全員が、呻き声一つ漏らすことなく昏倒し、その場に頽《くずお》れた。

「なんだ、こやつらは。皆、ど素人《しろうと》ではないか」

あまりの物足りなさに、三郎兵衛はつい苦情を漏らす。

「ど素人でも、これだけの人数を集めたところだけは褒めてやらねばなりません」

三郎兵衛の言葉に応えつつ、桐野は倒れ込んだ男の一人を引き起こすと活を入れて意識を取り戻させる。

「おい、お前たちの雇い主は何処の誰だ？」

「あうあう……」

「正直に話せば、命だけは助けてやる」

「え？」

意識が戻っても、なにが起こったのかわからず混乱するばかりだった男の顔が、不意に正気にもどった。

「もう一度聞く。お前たちを雇ったのは、何処の誰だ？　言わねば、殺す」

言葉とともに、桐野は刃をその喉元へと突き付けた。刃先が軽く皮膚を傷つけ、痛みを感じる程度に——。

満面を恐怖に戦《おのの》かせた男は、

「な、名は知らない……」

震える声音で辛うじて口走るが、

「では、死ね」

桐野の非情な刃が、男の首の根を容赦なく傷つける。男の首から滴《したた》った一条の血が刃の先からも滴った。

「ひ…ひゃッ……本当に、名は知らない」

「名も知らぬ者に頼まれて人殺しを引き受けたのか？」

「じゅ…十両くれるって言うから。……名は知らないが、さ、侍だ」

「どんな侍だ？」

「り、立派な身形《みなり》で、六十がらみの……あ、ありゃあ、多分、大身《たいしん》の旗本だ」

「大身の旗本が、何故お前たちを雇って寺男を殺そうとするのだ？」

と無感情に問い続ける桐野の刃は、男の首の付け根から僅かも離されてはいないのだろう。男の体の震えも血の滴りも、未だ止んではいなかった。

「し、知らない……」

「理由もろくに知らず、殺しを引き受けるのか？」

「年寄り一人殺して、じゅ、十両なんて、べ、篦棒《べらぼう》だったから……」

「おかしいとは思わなかったのか？　寺男一人をお前たち全員で殺して、その報酬が十両だと？　だが、全員で山分けすれば一両そこそこだ」

「い、一両でも欲しい……」

そいつの言葉は切実であったが、桐野の追及は厳しさを増す。

「たとえ一両でも、労せず手にできた者は幸いだ。だが、実際に手を下す者にとってはどうだ？　手を下した者と、なにもしてない者の報酬が同じでは不公平であろう」

「そ、それは……」

「実際に手を下した者は、そのあとで、おそらくお前たち全員を殺すだろう」

「え？」

「仮にお前が手を下したとしたら、どうだ？　なにもしてない連中に、分け前を与えたいと思うか？」

「…………」

そいつは無言で首を振った。

動けば切っ尖がより深く皮膚を傷つけてしまうのも構わず、夢中で首を振っていた。

「お前たちの雇い主はな、はじめからそうなることを望んでいたのだ。直接手を下した者が欲を出して仲間を皆殺しにすれば、己は、その者一人を消せばよいのだからな」

「じゃあ、奴ははじめから俺たちを殺すつもりで……」

「爺一人に、ど素人十人の刺客を遣わすというのは、そういうことだ」

「畜生！　あの爺ッ」

男の満面から恐怖が消え、忽ち憤怒が漲《みなぎ》ってゆく。

「どの爺だ？」

「決まってんだろ、俺たちを雇った爺だよ。……あいつ、人の好さそうな面《つら》しやがって、そんな腹黒い奴だったとは――」

男の恨み言が途中で潰《つい》えたのは、桐野がその鳩尾へ当て身をくれたためだった。

もう、彼から聞くべきことはなにもない、と判断してのことだろう。

それから桐野は小屋の隅にあった縄を持ち出すと、意識を失った浪人たちを手早く縛り上げた。途中から勘九郎も手伝ったが、作業はほぼ終わりかけていた。

その作業が終わるのを無言で見守ってから、三郎兵衛は漸く押し入れの襖を開けた。

そこに駒木根政方がいて、刺客の一人と桐野のやりとりの一部始終を聞いていた。すっかり青ざめ、憔悴《しょうすい》しきった顔でいたのは、押し入れの中が息苦しかったせいばかりではないだろう。

「まさか、吾助が儂を殺そうとしたのか？」

駒木根政方はぼんやり呟いた、悄然と項垂れて――。

「肥州殿――」

見かねて呼びかける三郎兵衛を遮り、

「よいのだ、別に。……儂は、このままこの寺で一生を終えてもよいのだ」

駒木根政方は項垂れたまま、訥々《とつとつ》と述べた。

「なにを言われる、肥州殿」

そんな駒木根政方を、三郎兵衛は厳しく見返す。

「儂は……この歳までなにも知らず、旗本当主として安穏に生きてきた。……同じ日に、同じ親から生まれながら、家から出されて日陰の道を歩んできた弟がいるなどと、夢にも知らずに。……だから、残りのときを、弟にくれてやっても惜しくはないのだ。言ってくれれば、親から受け継いだものなど、すべてくれてやったものを……」

「それは困りますな、肥州殿」

三郎兵衛は、強い語調でそれを遮った。

「貴殿は、苟《いやしく》も大目付の地位にある。大目付が、如何に不憫《ふびん》だからというて、双子の弟と入れ替わり、己の名も地位もすべて弟に与えてしまうなど、言語道断。大目付という立場をなんとお考えか？」

「…………」

「悪いが、外見は誤魔化せても、貴殿の弟御《おとうとご》に大目付の役は務まらぬ」

「わ、儂は……もう殆《ほとん》ど隠居したにもひとしい大目付だ。……何事も、筑州《ちくしゅう》殿と野州殿とではかってお決めになればよい」

「ところがそういうわけにはゆかぬのだ、肥州殿」

「え？」

「上様が大目付に任じられたのは貴殿にほかならぬ。それを、勝手に弟御と代わるというのは上様に対する裏切りにほかならぬ。断じて許されませぬぞ」

「…………」

駒木根政方も幕臣の端くれである以上、上様を持ち出されては黙り込むしかない。

「兇に角、直ちにお屋敷に戻り、吾助を成敗なされ。実の兄に刺客《しかく》をさし向けるような者を、いつまでも放っておくわけにはまいらぬ」

「…………」

駒木根政方は答えず、苦しげに顔を背《そむ》ける。

「いいえ、それには及びませぬ」

　すかさず桐野が割り入った。

「何故だ？」

「吾助殿のことでしたら、このままここで待てばよろしゅうございます」

「ここで待つのか？」

「はい。送り出した刺客が誰も戻らぬとなれば、気になって、自らここへまいりましょう」

「そうか」

　一旦納得したものの、三郎兵衛はふと首を傾げる。

「それにしても、吾助は何故十人も刺客を雇ったのだろうな。腕利きを一人雇えばすむことではないか」

「腕利きを、どうすれば雇うことができるか、わからなかったのでございましょう。なにしろ、その仕事だけは駒木根家の家人にさせるわけにはまいりませぬ故——」

　桐野はふとそこまで言って一旦言葉を止め、苦笑を堪《こら》えてから、

「たとえ有象無象《うぞうむぞう》であっても、人数を送り込めば誰か一人が成し遂げるであろうとの目論見でございましょう。しかも、誰が手を下そうと、十人に対して十両の報酬を与

えると約束すれば、必ず金欲しさ故の仲間割れが起きると予見された。お寺の育ちとも思えぬ狡猾《こうかつ》なお方でございます」

あとは躊躇《ためら》いもせずひと息に述べた。

「ふん。仲間同士で殺し合いをさせ、生き残った者を騙《だま》し討ちにすれば、金を払わずにすむからのう。たいした策士だ」

「御意《ぎょい》」

それから桐野はふと口調を変え、三郎兵衛の耳にだけ届くよう声を落として言った。

「肥後守様には、いまのうちに江戸へお戻りいただくのがよろしいかと存じます」

「うむ、間違いのないよう、勘九郎に送らせるのがよいな」

と肯《うなず》きながら答えたときには、三郎兵衛もすべてを察していた。

吾助が自らここへ戻って来るとすれば、政方とは顔を合わさぬほうがいいに決まっている。

「聞いたな、勘九郎」

「あ、ああ。わかったよ」

勘九郎もすぐに察して従った。

「山を下りたら、辻駕籠《つじかご》を拾って肥州殿をお乗せするのだぞ」

「わかってるよ」

「江戸に着いたら、駒木根屋敷には行かず、先ず当家にてお休みいただくのだぞ」

「それもわかってるって」

勘九郎は珍しく聞きわけがよかったが、

「いや、しかし、吾助には儂から話したほうが……」

肝心の駒木根政方が、多少渋る様子を見せた。が、それも、

「お帰りいただきます」

有無を言わさぬ口調で三郎兵衛に言い切られると、それ以上抗《あらが》うことはかなわなかった。

去り際、物言いたげなその顔が、

「吾助を殺さないでくれんか」

と訴えていることは容易く察せられたが、敢えて黙殺した。

この期に及んで、まだ一方的な肉親の情を捨てきれないような者を、いまや化け物と化した弟に会わせることなど、できるわけがなかった。

「ところで桐野――」

駒木根政方と勘九郎が小屋を去ってしばらくして、ふと三郎兵衛は問いかけた。

「何故わかった？」

「なにがでございます？」

「駒木根政方が双子だということが、よ」

「そのことでございますか」

桐野の口許《くちもと》がそのとき無意識に弛《ゆる》んだようだった。

「肥後守様のお人柄が別人のようにお変わりになったという話をいたしましたとき、御前は気の病ではないかと仰せられました」

「うむ」

「確かに、気の病でないとは言いきれませぬが、できればもっと簡単な話であってほしいという勝手な願望から、捜してみたのでございます」

「捜した？　なにをだ？」

「肥後守様がお生まれになった当時のことをよく知る者をでございます」

「それは……難しかろう」

三郎兵衛は少なからず動揺するが、桐野は涼しい顔つきのままだ。

「ですが、見つかったのでございます」

「誰が見つかったのだ？」

「肥後守様がお生まれになったとき、お屋敷に呼ばれたという産婆が生きておりました」

「なに、産婆だと?!　そやつ、年は幾つだ？」

「齢九十を過ぎておりますが、頭もいたってしっかりしておりました」

「そうか、産婆が生きておったか。……しかし、捜したそちも相当だぞ、桐野」

「恐れ入ります」

「それで、吾助は兄を殺して駒木根政方に成り代わり、一体なにをしようとしているのだ」

「残念ながら……」

「なんだ？」

「もう既に、数々の悪事をしでかしております」

「なに、それはまことか？」

念を押すように、三郎兵衛は問い返した。

桐野が、駒木根政方を吾助と再び会わせたくない理由は、大方そんなところではないか、と予想したとおりだった。

それならそうと、こんなところへ連れて来る前にすべて報告してくれればよいものを、と思わぬでもなかったが、桐野なりの理由もあってのことだろうと思い、追及は控えた。

そもそも、双子だとか兄弟が入れ替わっているとか、口頭で報告されても俄《にわか》には信じられなかったかもしれない。説明するより現物を見せたほうが話が早かろうと判断して、桐野はなにも言わずに三郎兵衛をここまで誘《いざな》ったのだろう。

「で、どんな悪事だ？」

「はい。先ずわかっているだけでも、抜け荷の目こぼし——」

「なんだと！」

「半年のあいだに、ちょくちょく大名家の者が挨拶に訪れ、かなりの額の賄賂《わいろ》を懐《ふところ》におさめたものと思われます」

「おのれ、賄賂に目が眩《くら》んだというわけか。お前の言うとおり、到底寺で育った者とは思えぬな」

「仕方ありませぬ。寺で育ったといっても、経を習ったわけでも僧の修行をしたわけでも有りませぬ故——」

言って、桐野は淡く微笑《ほほえ》んだ。

お馴染みの、ゾッとするほど冷たく美しい笑顔であった。

「ところで、桐野」

見つめていると吸い込まれそうな笑顔に恐れをなし、三郎兵衛は再び話題を変えた。

「六十年以上前の生き証人でも見つけられたということは、五十年前の証人であれば、もっと楽に見つけられるのではないか？」

「…………」

桐野の面上から、瞬時に微笑が消えた。

笑いが消えれば、忽ち緊張が漲ってゆく。

「いや、次左衛門のことよ」

三郎兵衛はあっさり種明かしをした。

「次左衛門の子供の頃を知る者がいるのであれば、話を聞きたいと思うての」

「そのことでしたか」

三郎兵衛の欲することがわかり、桐野は少しく安堵の表情を見せる。

「肥後守様の件が片付きましたら、すぐに捜そうと思うておりました」

「そうか」

小さく肯き、三郎兵衛は笑顔になった。

「頼む、桐野」

しかる後、短く桐野に懇願した。

「次左衛門は、面《つら》を見るだけで腹の立つ奴だが、あれでも幕府にとってなくてはならぬ存在だ。一日も早く、元のあやつに戻ってもらわねば困る」

「承《うけたまわ》りました」

桐野はきっぱり返答した。

そこまできっぱり返答できるということは、既にある程度なにか摑めているに違いないのだが、果たして三郎兵衛は気づいたかどうか。

「しかし、桐野よ」

土間に転がされた浪人たちを一瞥してから、三郎兵衛は筵《むしろ》一枚敷いていない剝き出しの床の上にゆっくりと身を横たえた。

「吾助の奴は本当に戻って来るのだろうな」

「…………」

「こんなところで待ちぼうけはいやだぞ、儂は」

「吾助は必ず戻ってまいります」

「わかるものか。肥州殿はああいうお方故、吾助の顔を見てしまえば屹度《きっと》赦《ゆる》してしまうであろう。吾助にもそれはわかっているから、頭からなめておるに違いない。暗殺に失敗したと知っても存外平気なのではないのか」

「いいえ、吾助は元々、善人でも悪人でもございません。突然己を取り巻く景色が変わり、どうかしておるだけのこと。そのような者にとって、後ろめたさは天敵なのでございます」

「後ろめたさ？」

「刺客を雇ったとき、吾助はまるで罪悪感をおぼえておらぬでしょう。半年に及ぶ入れ替わりによって新奇な世界を知り、その楽しさ故に兄が羨ましく思えただけのこと。肥後守様のご気性であれば、或いは、ずっと入れ替わったままでいることもできた筈でございます」

　まさしく立て板に水の口調であった。

　一旦言葉を止めたのは、まだ話の先があるためだった。

「そんな仏のような兄を殺そうとしたという罪悪感は、刺客を雇った後に湧いた筈でございます。一度湧いた罪悪感は後ろめたさとともに次第に膨れあがり、到底堪《た》えられるものではございませぬ」

「そんなものかの」

さほど興味もなさそうな顔で三郎兵衛は呟《つぶや》き、大欠伸《おおあくび》をした。

「いまとなって、こう申し上げるのはなんですが……」

「なんだ？」

桐野が不意に顔を曇らせ、遠慮がちに切り出すのを、不思議な気持ちで顧《かえり》みた。最前まで雄弁をふるっていた桐野と同一人とは到底思えない。

「御前は……いえ、御前もお戻りになられては如何でしょう。ここは、私が始末をつけておきます故――」

「始末というのは……吾助を殺すのか？」

「…………」

答えぬということは、即ち肯定である。

三郎兵衛は桐野を覗き込んだ。

「肥州殿に恨まれるぞ」

「私のようなとるに足らぬ者、恨まれたところでどうということはございません」

「恨まれるのは儂に決まっておろうが、たわけめ」

「申し訳ありませぬ」

「年寄りに恨まれるのはきついぞ」

「では……僧侶にさせるというのは如何でしょう？」

三郎兵衛の顔色を窺いつつ、桐野は問うた。

「僧侶に？　いまから修行させるのか？」

「二度と悪心を起こさせぬようにすればよいのではないかと……」

「まあ、そんなところか。……まことの僧侶にならずとも、因果を含めて寺に幽閉すればよいな」

「駒木根家の菩提寺がよろしいかと」

「なるほど。駒木根は確か近江《おうみ》の出だ。菩提寺もそのあたりにあるのだろうな」

「されば、金輪際《こんりんざい》江戸に戻ることはございますまい」

「生かしておけば、駒木根に恨まれることもあるまい」

さほど興味もなさそうな顔つきで言い、三郎兵衛はまた一つ大欠伸をする。

「あの、御前？」

「なんだ？　まだなにかあるのか？」

「お帰りにはなられないのですか」

「何故帰らねばならんのだ？」

「何故と言われましても……」

「帰るわけがないではないか」

さも心外だと言わんばかりの顔で三郎兵衛は言い、

「儂は吾助の顔が見たくて残ったのだぞ。どれほど肥州に似ておるのか、確かめたいではないか」

「…………」

「本当は、二人並べて見てみたかったんじゃ。同じ顔の者が二人おるなど、滅多に見られるものではないわ」

頻《しき》りと残念がる三郎兵衛に向かって言うべき言葉は、最早《もはや》桐野には一言もなかった。

二

仕立てのよい黒紋服に仙台平《せんだいひら》、腰には大小、という見事な旗本当主姿の吾助が、長らく住んだ己の小屋に帰って来たのは、その日夜半過ぎのことだった。

屋敷の駕籠は使えないので辻駕籠を乗り継ぎ、供も連れずに来た。

「兄上！　兄上！」

用心深く戸を叩きつつ呼びかけるが、返事はない。

焦れた吾助は、ツンッ、と軽く、膝で戸板を蹴った。これにはちょっとした要領があり、内側に立て掛けられた心張り棒を外すことができる。

さすがは住み馴れた小屋のことで、的確に棒は外され、コロンと土間に転がる音がした。

「兄上、いないのですか？」

問いかけつつ、戸を開けて中に入る。

中は真っ暗で、進むことすら憚《はばか》られる。

その上、ムッとするような人いきれが充満している。無論吾助はその人いきれの正体を知らないが。

「兄上？」

なお問いかけつつ、吾助は闇の中を進み、上がり框《かまち》の所に置かれた行灯《あんどん》に火を入れた。

住み馴れた小屋であるから、目を瞑《つむ》っていても、さほど困らない。

行灯に火が入り、小屋の中がぼんやり照らされたとき、吾助は仰天した。

「よう、遅かったな」

目の前に、見知らぬ壮齢の武士がいる。

一見強面《こわもて》ながら、存外人懐こいその笑顔に一瞬間たじろいだ直後、意識が途絶えた。呻きすら漏らす暇もなかった。

吾助が意識を取り戻したとき、小屋の中は明るく、周囲の様子は一目瞭然だった。

己が雇った浪人たちは縛り上げられて土間に転がされ、己自身、柱に縛り付けられている。

「こ、これは……」

「兄上？　これは一体……」

「兄上はとっくに江戸へ帰ったよ」

「え？」

言葉とともに姿を見せた三郎兵衛を、戸惑いよりは多くの恐怖を孕《はら》んだ目で吾助は見つめた。

「今頃はお屋敷の自分の布団で休まれておられることだろう。お前は、殺そうとした兄上のことなどより、己の心配をしたほうがよいぞ」

「こ、殺そうとしたなどと、誤解です！」

吾助は懸命に言い募る。

「おい——」

三郎兵衛は足下に転がった浪人の中から一人を引きずり起こすと、

「お前たち、誰に雇われてここへ来たんだ、え？」

大きな声でそいつに問う。

「そちらのお武家様です。こちらの寺の寺男を殺してくれ、と頼まれました」

「う、嘘だッ」

吾助はなおも否定する。

「そんな奴ら、知らない。なにも頼んでないッ」

「やれやれ、往生際《おうじょうぎわ》が悪いのう。うぬのような者を見ていると、町奉行の頃を思い出すわい。……何十人も手にかけた悪党が、己の命となると目の色を変えおって、自分はなにもやってないなどと、嘘をつきおるのよ」

「…………」

「ああ、もう見え透いた言い訳も嘘も沢山だ。それ以上つまらんことをぬかせば、いまここで殺すぞ」

吾助との押し問答にもすぐ飽きてしまった三郎兵衛は凄味のある低声で耳許《みみもと》に囁いた。吾助は口を閉ざすしかない。

「よしよし、静かになったな。……では、選ばせてやろう。こやつらとともに、番所に突き出されるのがよいか、出家して駒木根家の菩提寺の僧となり、終生祖先の菩提を弔うのがよいか。……どうだ？」

「え……」

「うぬの兄と違って、儂は気が短い。早く決めろ」

三郎兵衛が言い終えるか終えぬかというところで、吾助は答えた。

「そ、僧になります！」

「僧になって、駒木根家の菩提を弔います‼」

「よし、それでいい」

三郎兵衛は深く肯いた。

もしこの期に及んでも吾助がぐずぐずと迷ったり、よからぬことを口走るようなら、この場で成敗するつもりでいた。

駒木根政方に恨まれようと、かまわない。実の兄に刺客を遣わすようなクズは、成敗して当然だと思っている。当然、桐野にやらせず、自ら手を下すつもりでいた。

だが、呆気ないほどの素直さで、吾助は自らの先行きを選んだ。番所に突き出されたくない一心の一時凌《いちじしの》ぎだとしても、だ。

「左様でございますか。吾助……いや、長四郎は僧になるのですか」

三郎兵衛が話し終わってからも、駒木根政方はしばらく沈黙していたが、やがて口を開いたときには存外あっさりした口調で言った。

「長四郎殿…といわれるのか」

「とうとう一度もその名で呼ぶことはございませなんだが」

駒木根政方の口の端にうっすらと笑みが滲んだように見えたのは、或いは三郎兵衛の思い過ごしかもしれない。

兄と入れ替わっているあいだ、吾助こと長四郎がなにをしていたか、三郎兵衛は一切話していないが、屋敷に戻り、諸大名から届いた書翰《しょかん》などに目を通したことで、薄々は察せられた筈である。同じ顔を持つ弟に対して、最早如何なる感情も抱くべきでないことは、駒木根政方とて充分承知していよう。

だが政方は、

「儂は、長四郎に…長四郎に会うべきではなかったのだろうか。……なまじ儂となど会うたがたために、長四郎は悪心を起こしてしもうた。すべて、儂のせいじゃ」

胃の腑の奥底から絞り出すような駒木根政方の言葉に、三郎兵衛はしばし答えを躊躇った。

そのとおりだ、と思ったからだ。

長四郎などという男子は、そもそも駒木根家には存在しなかった。

本来、寺男の吾助として、育った寺で穏やかに一生を終えるはずだった者の前に姿を見せ、剰《あまつさ》え、兄弟の名乗りまで行った。

すべては、しなくてもよい、余計なことだった。

（しかし、それが人の情というものだ。この世で最も厄介な代物だ）

三郎兵衛は心中《しんちゅう》密かに嘆息する。

残念ながら、人の世の大半は、その余計なもの——情というものによって成り立っているらしい。

「儂には兄弟がおらぬのでわからぬが、同じ親から生まれた者が己以外にもおるというのは、屹度よいものなのだろうな」

なんの感情もこもらぬ口調で三郎兵衛は言い、駒木根政方から視線を逸らした。

政方の漏らす低い歔欷《きょき》の声にはすぐに気づいた。老爺《ろうや》の涙など、見たくはない。

「長四郎殿は、己が何者であるのかを知ることができ、束の間とはいえ、駒木根家の当主の座にも就き、何れ駒木根家の菩提寺でご先祖の菩提を弔うことになる。……駒木根家の男子として、さぞや本望でござろう」

「………」

最早答える術を失った駒木根政方が両手で顔を被ってしまうのを待たず、三郎兵衛は辞去した。

同情はできない。彼のおかげで発生した数々の不祥事をどうもみ消すか、そのことで頭がいっぱいだった。

三

波濤の音が、静かに打ち寄せ、そして去る。

所謂《いわゆる》、凪《な》いでいるという状態だろう。船に慣れぬ者でも楽に過ごせる。

だが、洋上に出てから、既に一刻近くが経っていた。強い潮の匂いに、あやうく酔ってしまいそうになる。

「なあ、そろそろ乗り込まねえか？」

焦れた勘九郎は何度も桐野を顧みて問うた。

「いま少し、お待ちください」

そのたび、桐野に制止される。

「なんでだよ。ちょっとひと暴れして逃げればいいだけなんだろ。さっさとやっちまおうぜ」

「ですから、潮にのって陸《おか》に帰れるよう、ときを待っているのです」

(そんなこともわかるんだな)

内心感心しながらも、

「そうは言うけど、鉄砲で狙われたら飛び込んで逃げるしかねえんだから、同じことなんじゃねえの」

勘九郎はなおも食い下がった。

「なあ、銀二兄《にい》もそう思うだろ?」

それ故隣《となり》の銀二を引き込もうとしたが、

「さあ……」

銀二はただ難しい顔で首を捻るだけだった。

もしかしたら、船酔いしているのだろうか、と疑ったが、平素巧みに櫓《ろ》を操り、船頭の真似事をしている銀二だ。それはあり得ないだろうと勘九郎が思い返していると、

「いつも乗ってるのは川舟ですよ。…あっしは、沖へ出るのははじめてなんです」

まるで勘九郎の心を読んだかのようなことを言う。

「え？　銀二兄、本当に船酔いしてるの？」

勘九郎が心配になって覗き込むと、

「あっちの船に移ったら、たぶんおさまると思いますんで……」

銀二は無理して笑顔を見せる。

「本当におさまるの？」

「大きな船のほうが揺れが少のうございますので、いまよりは楽になる筈です」

船尾で櫓を操りながら、桐野がすかさず口を挟む。確固たる口調であった。

だがそんな桐野も、内心では己の小さなしくじりを悔いている。

「海に出たことがないので自信がない」という銀二の言葉を真に受け、今夜は桐野が小舟を漕いだ。しかし、それは大きな間違いだった。日頃舟を漕ぎ慣れた者は、他人の漕ぐ舟に乗ると忽ち船酔いすることがある。

現に銀二は、舟が未だ河口を出ぬうちから青い顔をしていた。

「月が高いな」

言うともなしに呟いて、勘九郎はそれきり口を噤《つぐ》んだ。

勇み足になって無闇と騒いだ己を恥じたのだ。

勇み足になっても仕方のないほど、今夜これから為すべき任務に、勘九郎は激しく胸を躍らせていた。

「お前、子供の頃、海賊になりたいと言っていたな。覚えておるか？」

昨夜、夕餉を食べているとき、祖父から問われた。

「ああ、覚えてるよ」

仏頂面で、勘九郎は答えた。

いつもながら、飯が不味《まず》い。主菜の焼き魚も副菜の煮物も、同様に不味かった。裕福な町場育ちの者のほうが舌はこえている筈だから、九蔵が屋敷の飯に嫌気がさしたとしても無理はない、と思いつつ、

「自分でも、つくづく、馬鹿なガキだったと思うよ。旗本の息子が海賊になんぞなれるわけもねえのによう」

勘九郎は自嘲した。

だが、三郎兵衛は少しも嗤《わら》わず、大真面目な顔つきのままだった。

「海賊にはなれぬかもしれぬが、海賊のように大船を襲うというのはどうだ？」

「え？」

「小舟で密かに近づいて船に乗り込み、少人数で大暴れするのだ。どうだ、まるで海

賊のようではないか？」

「なんだって？」

勘九郎はさすがに訝《いぶか》った。

祖父の言葉に歓び、

「まるで海賊のようだな」

などと同調できるほど、勘九郎は子供ではない。寧《むし》ろ、警戒した。

幼い頃の、荒唐無稽《こうとうむけい》な孫の夢などを持ちだして、祖父は一体なにをさせようとしているのか。

一応訝りはしたものの、

「折角子供の頃の夢をかなえてやろうというのに、なにを勘繰《かんぐ》っておるのだ。つまらん奴だな」

三郎兵衛の言葉は勘九郎を惹《ひ》きつけた。

「なんだよ。勿体つけてねえで、はっきり言えよ」

それ故、強い語調で祖父を促した。

三郎兵衛の指令は、

「沖に停泊しておる大船に乗り込んで、『大目付の手の者なり』と声高に叫びながら、暴れまくれ」

というものだった。

「なんだよ、それ」

口先ではあきれる様子を見せつつも、勘九郎は瞬時に狂喜した。

それほどに、三郎兵衛の指令は魅力的なものだった。

「抜け荷の船を襲う、ってことだよな？」

「まあ、早い話、そういうことだ」

「ただ暴れるだけでいいのかよ？」

勘九郎が身を乗り出して問うと、

「暴れるだけでよい」

「抜け荷の大名を捕まえなくていいのかよ？」

「いまはよい。……寧ろ、捕まえるわけにはゆかぬのだ」

「なんだよ、それ。わけがわからねえよ。船で暴れて、どうするつもりだよ？」

「まあ、なにか戦利品を持ち帰れるのであればそれに越したことはないが、それは無理だ」

「なんで無理だと思うんだよ」

「大船の持ち主は、どうせ商人だ。少なくとも、名目上はそうなっておる。なんの証拠も見つからぬだろう。だから、ただ暴れるだけでよいのだ」

「…………」

「半刻ほども暴れて船にそれなりの打撃を与えたら、あとは風のように逃げよ」

「逃げるのか？」

「海賊は逃げるものだろう」

「…………」

なにか釈然としないものの、結局勘九郎は三郎兵衛の命《めい》に従うことにした。

河口を出て、洲崎《すさき》方面へ舟を進めれば、沖に碇泊した大船の船影が見える。長崎――或いは大坂《おおさか》あたりから荷を運んできた千石船が、運んで来た荷を下ろし、新たな荷を積み終えるまでのあいだ、何日か碇泊するのだ。

江戸で生まれ育った勘九郎には見馴れた風景だった。

鉤縄《かぎなわ》を投げて船縁《ふなべり》にひっかけ、するするとよじ登るのは、まさに海賊の所業。勘九郎には楽しくてたまらなかった。易々と登りきり、船に乗り込んだ。

乗り込む際、

「大目付の手の者だッ。これより抜け荷の詮議を行う！」

と声高に叫ぶことを忘れてはいない。

「大目付の手の者である！」

「大目付の手の者だ！」

桐野と銀二も、律義にその言いつけを守った。

甲板の上には、水主《かこ》が数人いるだけで、武装した武士は一人もいない。水主たちは驚き慌てるだけで、攻撃してきたりはしなかった。

「うおぉーッ」

勘九郎は先ず、甲板のど真ん中にそそり立つ帆柱に目をつけた。

抜刀し、斬りつけてみたが、刀でどうにかなるものではないとすぐに悟った。悟って何度も、足で蹴りつけた。

船の構造には素人だが、船全体に影響を及ぼすためには、帆柱への攻撃は必須と思われたのだ。

「うわぁッ」

すると、帆柱の上の物見にいた者が驚きの声をあげ、

「曲者《くせもの》だーッ」

漸くそのことに気がついた。

「曲者でございますッ。曲者が、船に侵入いたしました〜ッ」

物見が声を限りに叫んで本来の役目を果たした頃には、桐野は船室の出入口をそのあたりにあった荷箱を寄せ集めて塞ぎ、中にいる者を出入りできなくさせた。中に、鉄砲を持ったカピタンなどがいては面倒なことになるからである。そして銀二は、吐き気を堪えつつ、

「大目付の手の者だーッ」

を繰り返していた。

帆柱を蹴ることに飽きた勘九郎は、舳先《へさき》にまわると、その精妙な細工を悉《ことごと》く破壊した。

「…………」

入口を塞がれた船室の中の者が、激しく戸を叩きながら、なにやら喚いていた。船内を見まわっていた桐野が戻って来てふと足を止める。中の者の喚き声にふと耳を傾ける。

「どうしたの？」

破壊活動を中断し、勘九郎が問いかける。

「中の者が、オランダ語でなにやら怒鳴っておるようなので……」

「オランダ人がいるのか？……これ、誰の船なんだっけ？」

「表向きは大坂の天満屋《てんまや》という太物問屋の持ち船ということになっておりますが……」

「気になるなら、確かめてみるか？」

「いえ、それにはおよびませぬ」

桐野の返答も待たずに入口の荷箱をどかそうとする勘九郎を、桐野は慌てて止めた。

なにかを確かめるために、ここへ来たわけではない。

「行きましょう、若」

桐野はそっと促《うなが》した。

「まだ、終わりではございませぬ」

「え？」

戸惑う勘九郎の体を押して舷から元の小舟に戻るよう促す。

「次の船にまいります」

「え？　次の船？」

戸惑いながらも、勘九郎は桐野に従った。小舟の櫓は銀二が操っていた。気の毒なくらい、気分が悪そうだったが、それどころではない。

「潮にのって陸に戻るんじゃなかったのかよ?」

「まだしばしときがございます。折角ですから、他の船にも立ち寄りましょう」

無感情に述べる桐野の言葉に、勘九郎は心底戦いた。到底冗談を言っている顔ではなかった。

「こんなことして、意味あるのかよ?」

船上荒らしのハシゴをしたその帰りの舟の中で、今更ながらに勘九郎は問うた。

結局、停泊中の千石船を三隻《せき》襲ったが、どの船にもさほどの戦備は整っていなかった。ただ、水主が数人いただけだ。武装した者もおらず、鉄砲を撃ちかけられることもなかった。

「あれ、本当に抜け荷の船だったのか?」

「荷を下ろしたあとなので、油断していたのでしょう」

「仮に抜け荷の船だったとしても、あんなことで、本当に効果があるのかよ」

「御前が仰有《おつしや》るには、『大目付の手の者だ』と繰り返し聞かせることが肝要なのだそうでございます」

い。

「そんなんで本当に懲りるのかよ」

「御前がそう仰有いました」

と答え続ける桐野も、実は密かに首を捻っているのだが、それはおくびにも出さない。

三郎兵衛が最も腐心したのは、駒木根政方に累が及ばぬようにすることだった。抜け荷をしている大名の名はわかっているが、彼らを厳しく処断すれば、それらに関与している駒木根政方の名も表に出てしまう。「双子の弟がやったことだ」と主張したところで、通用するわけがない。大目付を罷免されるくらいですむわけがなく、最悪の場合蟄居閉門《ちつきょへいもん》もあり得る。

それだけは、なんとしても回避させたかった。

が、三郎兵衛の苦肉の策が功を奏するかどうかは甚《はなは》だあやしいところであった。大名家の台所はどこも火の車であり、抜け荷に手を出すのも必要に迫られて仕方なくしていることだ、というのが三郎兵衛の持論だった。

それ故、やっている連中は薄氷を踏む思いである。幕府に露見して処断されたくはない。「大目付の手の者だ」と名乗る者の乱入を、呉越同舟《ごえつどうしゅう》である駒木根政方からの警告だと思わせることができれば、上々である。

「同僚たちにバレた。もうこれ以上の目こぼしは無理だ」と警告された大名は、当分のあいだ抜け荷を控えるかもしれない。

三郎兵衛にとっても、「かもしれない」という程度の、確信のない賭けであった。

だが、

「上手《うま》くゆかねば、またなにか別の策を考える」

と自棄《やけ》くそ気味の三郎兵衛が口走ったことなどは、断じて勘九郎に知られるわけにはいかない。

「これまで、御前の策が当たらなかったことはございません」

さあらぬ体《てい》で桐野は言い、ふと銀二のほうを見た。助け船を求めてのことだったが、櫓を操る銀二の顔は相変わらず真っ青だった。船酔いが続いているようで、こちらの話になど、まるで耳を傾けてはいなかった。

四

「結論から言う。お前の言う常陸介は、お前の弟ではない」

「え？」

三郎兵衛の言葉を、稲生正武は当然訝った。

相変わらず憔悴しきった顔をしているが、目つきだけは鋭く、ギラギラしている。明らかに、精神的に追いつめられた人間の顔だった。

「お前には、確かに母親の違う弟がいたそうだ。だが、幼い頃に死んでしまった。……そのことが、お前の心に長らく暗い影を落としたのだろう。なんでも、父上に連れられて領地の見分《けんぶん》に行った際、弟とともに山中で迷い、幼い弟が大怪我をしたそうだ」

「何故松波様がそのことを？」

「よいから、黙って聞け。……そのときの怪我がもとで、弟は幼くして亡くなった。そのことで、お前は激しく己を責めたのだろう」

「…………」

「あまりにも大きすぎる悲しみを背負ったとき、人は不思議なことをするそうだ。その大いなる悲しみの元を己の心から消し去り、全く別の記憶を作りあげることがあるのだとか」

「どういう……意味でございましょうか？」

何一つ腑に落ちぬ顔つきで、稲生正武は問うた。三郎兵衛の話に、漸くひき込まれてきた証拠である。

「弟の死を己のせいと思い込み、激しく己を責めたお前は、弟の存在を、己の中から完全に消した。そして、全く別の弟を作り出したのだ」

「仰有ることが……全くわかりませぬ」

「弟が亡くなってしばらくのあいだ、お前はひどく鬱《ふさ》ぎ込んでいたが、そんなある日、弟によく似た者が屋敷に来た。それが常陸介だ。常陸介は、たまたま小者として奉公にあがった赤の他人だ」

「まさか……」

「いいや、本当だ」

と断言してから、三郎兵衛はまた口調を変え、

「常陸介は、元々伊賀者だったのかもしれぬし、ただ生まれつき身の軽い子供だったのかもしれぬ。おぬしの父に拾われて屋敷に来てからは、専《もっぱ》らお前の守護者として育てられた」

「…………」

「屋敷にあるときは全力でお前を守り、命じられた務めは忠実にこなした。お前は常陸介の中に弟を見ていたから、大層《たいそう》可愛がったのだろう。同じ時期にお前に仕えてい

た隠密たちは、その親密さが羨ましかったそうだ。だが、その常陸介も八年前に死んだ」

「…………」

「よいか、次左衛門、八年前に死んだ常陸介は、お前の弟ではないのだ」

「嘘だ……」

稲生正武は力無く呟いた。

「嘘だ」

もう一度、呟いた。

「嘘ではない」

三郎兵衛は冷たく言い放った。

稲生正武は少しく苛立った。

「何故松波様が、それがしも忘れている、それがしの幼い頃のことをご存知なのですか」

「お前の昔を知る者たちに聞いたのだ」

「え？」

「たかが五十年かそこら前のことだ。本気で捜せば、結構見つかる。……お前が幼児の頃屋敷に仕えていた女中も用人も健在で、頭もしっかりしておったぞ」

「そ、それがしのために、わざわざ捜してくださったのですか？」

稲生正武の目から例のギラギラが消えて、年齢《とし》相応の落ち着きを取り戻す。

「別にお前のためにしたわけではない」

三郎兵衛はつい心にもないことを言った。

「お前がいつまでもそんなふうでは、大目付が機能せぬ。早くいつもの冷酷な官吏に戻らぬか」

口は悪いが、最大限の労《いたわ》りであり、励ましである。それは稲生正武にもよくわかった。わかるが故に、すぐには言葉が返せなかった。

「やめろ、次左衛門」

先回りして、三郎兵衛は言い放った。

「爺の泣き顔など、見たくもないわ」

「見たくなければ、さっさとお帰りくだされ」

震える声音で、それでも稲生正武は懸命に言い返した。

「そ、それがしが、恩に着るとでもお思いか」

「こやつ、偉そうに……」

三郎兵衛はわざと激しく舌打ちをした。

「おお、帰るとも。このようなところに、長居は無用じゃ」

そして憎々しげな捨て台詞《ぜりふ》を吐き、席を立った。

「申し訳ございませぬ、松波様――」

荒々しく障子を閉めて廊下に出ると、忽ち顔色を変えた井坂がすっ飛んで来る。

「主《あるじ》の無礼、どうかお許しくださいませ」

「うぬも苦労が絶えぬのう」

三郎兵衛は短く言い捨てた。

(人は見かけによらぬと言うが……)

足早に廊下を行きながら、心中深く嘆息する。

日頃はどんなに憎々しく思える者でも、血のかよった人である以上、必ずどこかに弱さはある。能吏酷吏の代表ともいえる稲生正武にさえも、あった。

それが、意外でもあり、同時に嬉しくもあった。

(あんな奴――)

と心中毒づきながらも、何故か憎みきれぬ自分がいる。

(今度会ったら、絶対ぶん殴ってやるからな)

殊更己の怒りをかき立てたのは、年甲斐もない照《て》れに相違なかった。

※　　※　　※

（来た）

その場所で身を潜《ひそ》めていれば、三日に一度は必ず桐野が通りかかる。それを百も承知で待ち構えていた。

三日に一度が、日に一度になればよいと願いながら身を潜めているくせに、いざその姿を認めると、堂神《どうがみ》の胸は少年のように高鳴った。

（師匠……）

ひと目見るだけで十分満足なのだが、ときにはあとを尾行《つ》けてみることもある。但し、気づかれない程度の僅かな時間だ。

長く尾行ければ必ず気づかれ、あとで厳しく叱責される。それもまた愉しみの一つではあるが、たび重なると警戒され、容易に近づけなくなる。だから、気づかれない程度に接近し、少しだけ尾行けてすぐに離れる。

元お庭番・堂神の密かな楽しみだった。

今日の桐野は二刀を手挟んだ侍姿である。

それだけでも、珍しい。日頃は虚無僧か托鉢僧の装いであることが多い。天蓋《てんがい》や坊主笠で顔を隠せる上、何処を歩いていても目立たない。

総髪の髪を長く背に垂らした武芸者風の装いは、たとえ編み笠で顔を隠しているとはいえ、人波の中でも少しく目立つ。それ故日頃は滅多にしない。

(あれくらい艶《あで》やかな衣装が、師匠にはよく似合う)

但し、堂神は気に入っている。

いつまでも桐野を見ていたいと思うその気持ちが恋心だなどとは、堂神は夢にも思っていない。

(何処へ行くのかな)

堂神は目を輝かせ、いそいそとそのあとを尾行けながら考えた。

嬉しさのあまり、僧衣を纏《まと》った己の巨体が容易く人目につく、などということは、すっかり頭から抜け落ちてしまっている。

師匠からは、

「江戸から離れていろ」

と厳しく言いつけられているが、実は守ったためしなどなかった。

江戸から遠く離れてしまっては、こうして好きなときに桐野を見に来ることもできなくなる。

人混みの中にいるあいだは安心して尾行けていられる。多くの者の足音や話し声が交錯して、さしもの桐野も、堂神の気配を察することはできないだろう。そもそも桐野は殺気を孕んでいない気配については概《おおむ》ね無関心だ。

人通りの多い道を抜けると、行く手は二つに分かれる。桐野はおそらく郊外に向かう筈だ。二叉の道の一方を桐野が選ぶのを見届けて、堂神は踵《きびす》を返すつもりであった。

ところが。

その寸前で、堂神はその男の存在に気づいた。

これまでは人通りが多かったので気がつかなかったが、紺絣《こんがすり》の着物の裾を絡《から》げた男が、一定の間隔をおきつつも桐野と同じ方向へ行く。

(あの野郎――)

堂神は一瞬にして真顔に戻った。

(師匠を尾行けてやがるのか)

そう思うと、到底見過ごしにはできない。堂神は踵を返すのをやめ、そのまま距離をとってあとに続いた。

胸騒ぎがした。

桐野は人気《ひとけ》のないほうを選んでいるようで、瞬《また》く間に田舎道にさしかかっている。

(もしかしたら、なにかを誘《おび》き出すためにわざと隙だらけに見せてるのかな)

堂神は漸くそのことに気づいた。

気づくと忽ち、このままでは桐野の折角のお膳立てが無駄になるのではないかと怖れ、逡巡する。改めて踵を返そうとしたとき、桐野が不意に足を止めた。

止めるや否や、堂神を顧みる。

「折角ここまで来たのだ。後ろの奴らを頼んだぞ、堂神」

「え?」

後ろの奴らと言われて、堂神ははじめて、己を尾行していた者たちの存在に気がついた。いや、この場合は、堂神の前にいる桐野を尾行していたわけだが。

堂神の背後から桐野を尾行してきた者たちの数は七人。野良仕事帰りの百姓を装い、十間以上もの距離をとり、それぞれ木の幹の陰や大きめの叢《くさむら》に身を隠しつつ、来る。気配は完全に消し去り、殺気も発していないため、気づかずとも仕方ないが、常日頃の堂神であれば、見過ごすことはなかっただろう。

堂神の勘の良さは修練の果てに得られたものではなく、生まれながら備わったものなのだ。それ故、桐野のように常に安定してはいない。お庭番には向いていないと桐野が判断した、最大の理由であった。

とまれ、七人の尾行者は一瞬にして刺客に変わり、堂神に向かって来た。

桐野を尾行していた紺絣の男の姿は、気がつけば何処にもない。隙を見て逃げたようだった。或いは彼の役割は、堂神の注意を引き付けることだったのかもしれない。

(だとすれば、俺の存在もまた、師匠の計画の一部だったことになる)

と悟った瞬間、堂神の五体に不思議な力が漲った。

「うおぉ〜ッ」

肩に担《かつ》いでいた錫《しゃく》杖《じょう》を頭上で構えると、易々と片手で振り回す。

桐野から戦力としてあてにされていた、というそのことが、一瞬にして堂神の体を軍神に変えた。

七人の刺客も、それ相応の技量の持ち主であったはずだが、軍神の前では無力であった。呼吸を合わせ、多方向から同時に襲う筈が——いや、実際見事に呼吸を合わせて同時に襲ったのだが、次の瞬間、同時に堂神の錫杖に弾かれ、空を舞っていた。

ごぉうッ、
と地鳴りのような音をさせて一旋した錫杖は、どの男の繰り出す切っ尖も寄せ付けることはなかった。

「ぎゃん」

「ぐふぅ」

「げごぉ……」

空を舞った男たちは口々に短く呻き、一間ほども吹っ飛んだ先で絶命した。

堂神はただ錫杖を一旋《いっせん》させただけなのに、その鋼は確実に男たちの体の急所を抉っていた。

「一瞬にして終わったか」

気がつくと、桐野が堂神の傍《かたわ》らにいた。

桐野もまた、行く手を塞いだ十人ほどの敵を一瞬にして葬り去ったところであった。

「どうなってんだ、師匠？　これは、師匠が仕組んだことなのか？」

「少し前から、何者かに尾行けられるようになった。尾行けられるだけで、なにかされるわけではないが鬱陶《うっとう》しくてたまらん。始末してやろうと、この二、三日、決まった時刻に同じ道を通ってみた」

「それで？」

身を乗り出して堂神は問うが、

「どうも、このとおりだ。何処の誰の仕業《しわざ》かはわからぬ」

他人事《ひとごと》のような涼しい顔で桐野は応じる。

「私を尾行けていたのがこやつらかどうかもわからぬし、気に病んだところで仕方あるまい」

既に陽は暮れ落ち、樹木の影が風に揺らぐとまるで生き物のように見えた。

桐野と堂神の目が、そのときふと、道のはずれに釘付けとなる。

はじめは、萱《かや》かなにかの茂みが風に揺れているのだろうと思った。が、その茂みが動いてこちらに向かって来る。茂みではなく、人だったのだ。

三間ほどの距離まで近づいたとき、それがさほど大きくもなく、さりとて小さいわけでもない町人風体の男であることがわかった。

年の頃は三十半ばから四十前半。薄暮の中では、顔立ちまではよくわからない。

二人とも夜目はきくものの、実は月も星もろくに見えないこの時刻が、最もものが見えにくい。それを知っていて、この時刻を狙って来たとしたら、油断のならない相手である。

「桐野様」

間合いの手前で足を止めると、そいつは桐野に呼びかけた。

桐野は答えず、その場をピクとも動かない。

男が間合いに到るまで、後詰《ごづ》めの刺客が何処かに潜んでいるのではないかと警戒したが、どうやらなさそうだ。

「誰だ、てめえは」

堂神に問われると、そいつはその場に腰を落とし、恭《うやうや》しく桐野を仰ぐ。

「《尾張屋》吉右衛門にございます。どうか、お見知りおきを」

「私は一介のお庭番にすぎぬ。挨拶には及ばぬ」

その名を聞いて、僅かに眉を動かしてから、

「こたびの件には、矢張り貴様がかかわっておったか」

桐野は冷ややかに言い返した。

「残念ながら、手前が大金をはたいて雇い入れた者共《ものども》は皆、貴方様の手にかかりました」

「その仕返しにまいったか」

「いいえ、その逆でございます」

「逆とは？」

「貴方様に、味方になっていただきたいのでございます」

「…………」

　一瞬間絶句したあとで、

「なにを言い出すかと思えば……」

　桐野は失笑を漏らした。

「手前は本気でございますぞ。貴方様にでしたら、いくら出しても惜しゅうはございません」

「私を雇って、なにをさせるつもりだ？」

「知れたこと。松波親子……正確には祖父と孫を葬っていただきたい」

「なるほど。御前と若を葬れば、貴様の野望はかなうのか」

「他にも邪魔をしそうな者がおれば、その者も葬っていただきます」

「貴様の野望は幕府の転覆だろう。かなうまで、幕府の要人を何人殺せばよいのだ。いくらもらっても、割に合わぬわ」

「勿体ないとは思われませぬか？」

　それまで淡々と喋っていた尾張屋が、不意に語気を強めて言う。

「勿体ない？」

「貴方様ほどのお方が、一介のお庭番に甘んじていることがでございます」

「…………」

「貴方様のお力があれば、幕府など一日にして倒せましょう。手前と貴方様が手を組めば、幕府など……」

尾張屋の言葉が途切れたのは、桐野が無言で切っ尖を向けたためだった。

「桐野様」

「世迷い言の続きはあの世でほざくがよいッ」

桐野が本気で振り下ろした刃から、尾張屋は辛くも逃れた。

その身ごなし一つとってみても、やはりただ者ではない。

「尾張屋、貴様……」

刃を逃れると同時に一間以上も後退した尾張屋を、桐野は鋭く睨み据える。

桐野の敵意が確認できたところで、

「てめえッ」

堂神も、そいつをめがけて錫杖を振り下ろす。

「おお、恐ろしい」

言葉と裏腹、全く懲りぬ口調で言うなり尾張屋はその場で踵を返した。その背に向けて、忍び刀を投げつければ間に合ったかもしれないが、桐野は何故か、そうしなかった。

それどころか、

「てめえ、待ちやがれッ」

「やめろ、堂神」

尾張屋を追おうとする堂神を止めた。

その一瞬のあいだにも、走り出した尾張屋の姿は見る見る小さくなり、視界の果てへと消えて行く。

「いいのかよ、師匠？」

堂神に問われて、すぐには返事ができなかった。

（そもそもお庭番は上様の手足。……旗本に仕えているわけではない。仕えているわけでもないのに、深く関わりすぎたのかもしれぬ）

思うともなく思い、桐野は無意識に首を振った。

「師匠？」

「いいから、もう、去れ」

冷ややかに言い放ちざま、桐野は自らも姿を消した。いまはともかく、誰の目にも己をさらしたくはなかった。

時代小説

二見時代小説文庫

知《し》られざる敵《てき》 古来稀《こらいまれ》なる大目付《おおめつけ》6

二〇二二年 八 月二十五日 初版発行

著者 藤《ふじ》 水名子《みなこ》

発行所 株式会社 二見書房
〒一〇一-八四〇五
東京都千代田区神田三崎町二-一八-一一
電話 〇三-三五一五-二三一一［営業］
〇三-三五一五-二三一三［編集］
振替 〇〇一七〇-四-二六三九

印刷 株式会社 堀内印刷所
製本 株式会社 村上製本所

 ISBN978-4-576-22110-6
https://www.futami.co.jp/

藤 水名子

古来稀なる大目付

シリーズ

以下続刊

① 古来稀《まれ》なる大目付　まむしの末裔
② 偽りの貌
③ たわけ大名
④ 行者と姫君
⑤ 猟鷹《りょうよう》の眼
⑥ 知られざる敵

「大目付になれ」——将軍吉宗の突然の下命に、一瞬声を失う松波三郎兵衛正春だった。蝮《まむし》と綽名された戦国の梟雄・斎藤道三の末裔といわれるが、見た目は若くもすでに古稀を過ぎた身である。「悪くはないな」——冥土まであと何里の今、三郎兵衛が性根を据え最後の勤めとばかり、大名たちの不正に立ち向かっていく。痛快時代小説！

二見時代小説文庫

藤 水名子

隠密奉行 柘植長門守 シリーズ

伊賀を継ぐ忍び奉行が、幕府にはびこる悪を
人知れず闇に葬る！

完結

①隠密奉行 柘植《つげ》長門守《ながとのかみ》 松平定信の懐刀
②将軍家の姫
③大老の刺客
④薬込役の刃
⑤藩主謀殺

旗本三兄弟事件帖

完結

①闇《やみ》公《く》方《ぼう》の影
②徒《かち》目《め》付《つけ》 密命
③六十万石の罠

与力・仏の重蔵

完結

①与力・仏の重蔵 情けの剣
②密偵《いぬ》がいる
③奉行闇討ち
④修羅の剣
⑤鬼神の微笑

女剣士 美涼

完結

①枕橋の御前
②姫君ご乱行

二見時代小説文庫